novum pocket

Lulu Boucher

Wozu, mein Gott, ist alles gut?

Ein Ruf nach Sinn
und Gerechtigkeit …

novum pocket

Bibliografische Information
der Deutschen Nationalbibliothek:

Die Deutsche Nationalbibliothek
verzeichnet diese Publikation in der
Deutschen Nationalbibliografie.
Detaillierte bibliografische Daten
sind im Internet über
http://www.d-nb.de abrufbar.

Alle Rechte der Verbreitung, auch
durch Film, Funk und Fernsehen, fotomechanische Wiedergabe, Tonträger, elektronische
Datenträger und auszugsweisen
Nachdruck, sind vorbehalten.

Gedruckt in der Europäischen Union
auf umweltfreundlichem, chlor- und
säurefrei gebleichtem Papier.

© 2023 novum Verlag

ISBN 978-3-903468-09-2
Lektorat: Susanne Schilp
Umschlagfoto: Ulrich Metzger
Umschlaggestaltung, Layout & Satz:
novum Verlag
Innenabbildungen:
S. 11 © Fotografie Angelika Raiber,
S. 24, 63, 71, 76, 79 © Lulu Boucher,
S. 43 © Fotostudio Gisela Scheiterlein,
S. 66, 86 © Ulrich Metzger

Die vom Autor zur Verfügung
gestellten Abbildungen wurden in der
bestmöglichen Qualität gedruckt.

www.novumverlag.com

Inhaltsverzeichnis

1.) Studien in Schwäbisch Gmünd und
Stuttgart 11

2.) Muttis plötzlicher Tod 14

3.) Arbeit in der Industrie 15

4.) 19 Jahre gemeinsamer Weg mit
meinem Freund/späteren Mann 16

5.) Schwäbisch Hall 17

6.) Kinder: Lisbeth 18

7.) Wieder im Lehramt 19

8.) Der Bootsverleih in Schwäbisch Hall 20

9.) Berufliche Wechsel meines Mannes 22

10.) Das zweite Kind Tom und die
Krankheitsgeschichte vom Jahr 2000 23

11.) Oft allein mit den Kindern durch
berufsbedingt getrennte Wohnsituation 25

12.) Meine Heimat Neckarwestheim? 27

13.) Das Thema mit dem Missbrauch
der Cousine 28

14.) Wohnungs- und Haussuche
im mittleren Neckarraum 32

15.) Das dritte Kind: Michel Juri 35

16.) Ungerechtfertigte Abwertungen in der
Kreditannahme bei unseren
versuchten Hauskäufen 36

17.) Umzug 1 42

18.) Umzug 2 47

19.) Die Ehebrecherin 49

20.) Vierte Schwangerschaft 50

21.) Umzug 3 51

22.) Ungerechtfertigte heimliche
Inobhutnahme der Kinder – Die Ehebrecherin,
ungewollt kinderlos, kommt endlich
zu Kindern! 52

23.) Umzug nach Fulda 53

24.) Eine Antwort der Religion 57

25.) Umzug zurück nach Baden-Württemberg mit Arbeit im Lehramt, in der Absicht, mir ein „Saubermannimage" gegenüber den Gerichten zu geben! 58

26.) Flucht mit den Kindern 59

27.) Die Suche nach dem Sinn 65

28.) Kurzer Ausblick ins Heute 68

29.) Lulu sucht den Sinn oder Wandern und Sporteln mit Easy, der den Sinn schon gefunden hatte 69

30.) Scheidung gegen meinen Willen in Fulda 70

31.) Meine Zeit mit Easy und den Leuten vom Freibad 71

32.) Berentung ab 2012 73

33.) Erster Bandscheibenvorfall 74

34.) München–Venedig auf Schusters Rappen 75

35.) Zweiter Fluchtversuch mit den Kindern an den Lago Maggiore 76

36.) Zweiter Bandscheibenvorfall 79

37.) Schwerer Unfall beim Fensterputzen
am 23. Mai 2017 80

38.) Das Ende ... oder der Anfang von Neuem? 84

39.) Ein Ausblick ins Strafrecht: 87

Literaturverzeichnis: 95

Kurze Zusammenfassung:

Eine kurze Biographie mit Studien, Arbeit, Kindern, Hauskäufen und der Suche nach dem Sinn des Lebens im Rahmen von viel Unrecht, das mir geschehen ... und unter dem ich leide.

Dank:

Ein Dank gilt dem Novum Verlag, Frau Christina Renner und anderen, die mir eine Chance für dieses Buch gegeben haben.

Widmung:

In Dank an meine Eltern, meine Großeltern, meine Geschwister, meine Kinder und meine Lehrer, die mich – wie auch immer – zu leben gelehrt haben.

„Eine Welt ohne Wörter ist eine Welt voller Wunden ..."

Diese Formulierung von Arno Geiger hat mich berührt.
(aus dem Theaterstück „Komödie der Eitelkeiten" von Elias Canetti, Theater der Stadt Aalen, aufgeführt 2012)

Ein Ruf nach Gerechtigkeit oder dem Sinn des Lebens

Wenn Schweigen zur Sehnsucht wird ... Wisst, wer ich einmal gewesen bin?

Oder Tina Turner:
„All we want is what we had".

Man hat mir alles genommen, was ich geliebt habe – zu Unrecht.

1.) Studien in Schwäbisch Gmünd und Stuttgart

Ein fröhlicher Mensch war ich, motiviert, zwei Studiengänge selbst finanziert und in kurzer Zeit abgeschlossen: GHS Lehrerin für Sport und Mathematik, studiert an der PH Schwäbisch Gmünd von 1991–1994, dann das Referendariat an der August Lämmle Grund- und Hauptschule (heute Marie Curié Schule) in Leonberg bei Stuttgart absolviert und mit dem zweiten Staatsexamen für das Lehramt an Grund- und Hauptschulen abgeschlossen.

*mit 24 Jahren im Studium in
Schwäbisch Gmünd und Stuttgart*

Wegen der Überforderung während des Referendariats wollte ich nach Letzterem nicht mehr Lehrerin werden und konzentrierte mich aufs Geldverdienen. Ich fand – ich hatte in den Semesterferien für Mercedes Benz Autos auf Hochglanz poliert – einen Job als Hostess an der Kundendienstannahme Mercedes Benz in Böblingen bei Stuttgart.

Dort arbeitete ich mich schnell ein, wurde aber finanziell kleingehalten, ich sei ja nur eine kleine Lehrerin, die Glück gehabt habe, in diesem Autounternehmen mit Stern arbeiten zu dürfen.

Weil ich mich nicht unterbuttern lassen wollte, entschied ich, mich in Wirtschaft, BWL und Marketing fortzubilden.

Ich fand eine Schule für Hochschulabsolventen in Stuttgart, die genau dies anbot.

So kündigte ich den Job und lernte dort, gemeinsam mit meiner langjährigen Freundin Sylvina, erneut ein Jahr lang intensiv, die Schulbank zu drücken:

Marketing, Recht, EDV, Wirtschaft, Bilanzen und anderes wurde gebüffelt und in anspruchsvollen Tests abgefragt.

Sylvina und ich finanzierten unseren Lebensunterhalt mit Jobben in der Gastronomie. Sie als Halbspanierin in verschiedenen griechischen Lokalen, ich dort, wo ich schon 1994 begonnen hatte, im Friedrichsbau Varieté Stuttgart als Garderobiere, im Einlass als Bedienung oder als „Doorman" und Barkeeperin. Zuweilen schmiss ich auch an Silvester die Bar und mixte Cocktails, was das Zeug hielt.

Unser Schulleiter der Akademie für Fach- und Führungskräfte Stuttgart war begeistert von unserer Motivation. Er bezeichnete Sylvina als die so schöne, aber so traurige Frau, mich als die Sportliche.

Wir schrieben Spickzettel, was das Zeug hielt, tauschten sie nachts in der Gastronomie aus und schrieben Zensuren von 1,0 bis 2 oder was dazwischen.

Im Februar 1998 hielten wir stolz unser Abschlusszeugnis in der Hand: Diplom Fachwirtin Marketing, Vertrieb und Werbung, Akademie für Fach- und Führungskräfte Stuttgart!!!

Auf meinem Diplom leuchtete eine 1,0!

2.) Muttis plötzlicher Tod

Im November zuvor, 1997, waren meine Familie und ich schockiert vom plötzlichen Tod meiner Mutter mit gerade 60 Jahren. Sie fiel einfach um und war tot.

Für uns war meine Mutter unsterblich, ihren Tod zu verstehen, benötigte drei Monate Rückzug und Alleinsein.

Heute wieder lebt Mutti und ist unsterblich.

Mein Vater meint, sie würde im Hundehimmel sein und glücklich auf uns herunterschauen, auf uns Lebende, er vergleicht grundsätzlich alle menschlichen Lebewesen mit Hunden!

Heute also schaut sie auf diesen ihren Mann; der mit heute 78 Jahren stolzer Opa von elf Enkelkindern ist ... sie hat uns reich gemacht, diese unsere pragmatische Großbauerntochter, unsere Mutter.

Hermann Hesse: „Die Toten bleiben mit dem Wesentlichen, mit dem sie auf uns gewirkt haben, in uns lebendig, solange wir selber leben."

3.) Arbeit in der Industrie

Nach einem kurzen Ausflug in den Neuwagenverkauf bei Mercedes Benz in Freiburg – ich bestand einen Lehrgang (Assessment Center) zum Verkauf mit Bravour – wechselte ich erneut den Beruf und begann für zwei Jahre mit einer Abteilungsleitung für elektronische Prüfsysteme mit fünf Servicetechnikern in einem kleinen mittelständischem Unternehmen in Schwäbisch Hall, in der Elektronik Branche.

Die Motivation zu genannten beruflichen Aktivitäten rührte aus meinem Willen, Geld zu verdienen und aus der Ablehnung des erlernten Lehrerberufes, der mich im Referendariat allzu sehr überfordert hatte.
　Zusätzlich entschied ich mich für Privates.

4.) 19 Jahre gemeinsamer Weg mit meinem Freund/späteren Mann

Mit zwanzig Jahren hatte ich am 3. Oktober 1990 auf der Ostalb meinen damaligen Partner und späteren Ehemann kennengelernt.

Wir gingen unseren Weg gemeinsam, auch er studierte nach einer Lehre zum Schriftsetzer, heute Typograph, an der Fachhochschule für Medien- und Kommunikationsdesign in Stuttgart und begann sein Arbeitsleben in Schwäbisch Hall beim Haller Tagblatt, der dortigen Zeitung, als Auftragsleiter in der Vorstufe Druck.

5.) Schwäbisch Hall

Bei Antritt des Jobs dort fand er eine wunderschöne Wohnung im Herzen von Schwäbisch Hall mit fünf Meter hohen Decken, die die Aussicht auf die wunderschöne mittelalterliche Stadt Schwäbisch Hall ermöglichte.
Ich durfte mit einziehen.

Wir richteten gemeinsam die schöne Wohnung geschmackvoll und schlicht ein und sparten nach unserer Art, ein Understatement leben zu wollen, Geld für schlechtere Zeiten, die noch nicht, aber dann doch kommen sollten. Dazu später mehr im Kapitel: **Die Ehebrecherin!**

6.) Kinder: Lisbeth

Dort lebten wir vier Jahre als Double Income No Kids (DINK) – Paar bis sich 2001 Lisbeth, meine erstgeborene Tochter ankündigte, die am 10. Juni 2002 nach 14 Stunden Wehen morgens um 4.10 Uhr lächelnd das Licht der Welt erblickte und meinen Blickwinkel auf das bis dahin beruflich und studentisch geprägte Leben um 180 Grad wendete.

Nun auch, beschlossen wir, noch vor der Geburt, unsere „flüchtige Liaison" standesamtlich mit Hochzeit am 2. Oktober 2001 besiegeln zu lassen:

Schwäbisch Hall, auf diese Steine können Sie bauen?!?

Zunächst erfreuten wir uns an Lisbeth, unserem Bootsverleih-Baby!

Wir waren elf Jahre befreundet und im elften dann heirateten wir. Heimlich, obwohl wir bereits 1998 eine grandiose Hochzeit geplant und auch schon die Karten versendet hatten.

Diese ließ ich platzen, da ich damals eine gewisse Unentschiedenheit an mir hatte und Druck aus meiner Familie empfand (die Abwertungen gegenüber meinem Mann werden im Kapitel Hauskäufe näher beschrieben).

7.) Wieder im Lehramt

Inzwischen, zu Beginn meiner Schwangerschaft, hatte ich ins Lehramt gewechselt und arbeitete bei Langenburg/Schwäbisch Hall ein Jahr als Krankheitsvertretung an einer Schule für Schwererziehbare als Sonderschullehrerin. Dort dachte ich oft, dass ich schon Wehen hatte, weil man doch nervlich stark angespannt ist, wenn Schwererziehbare einem ins Essen „kotzen" oder bei Ausflügen versuchen, sich vor ein Auto zu werfen. Meine hübsche Kollegin urteilte sehr klar: „Wenn dir vor den Ferien die Nerven hier nicht weglaufen, dann haste was falsch gemacht!"

8.) Der Bootsverleih in Schwäbisch Hall

Ich dachte, dass ich mit einem Kind allein nicht ausgelastet sei und mietete zu Beginn des Mutterschaftsurlaubes den Bootsverleih in Schwäbisch Hall. In der Zeitung stieß ich auf einen Artikel, eine Anzeige, dass der Bootsverleih im Jahr 2002 einen neuen Pächter suchte.

Wegen der häufig starken Strömung des Kochers mussten oft Boote von der Feuerwehr aus dem Kocher geborgen werden und so war es Pflicht, diese Boote mit 1000 Euro im Jahr zu versichern.

Das Geld hatten wir schnell wieder drin. Neben unseren beiden Vollzeitjobs bastelten wir Plakate und boten für Familien mit Kindern günstig, damals für 2,50 Euro, eine halbe Stunde Boot fahren auf dem Kocher an. Verteilten Plakate in ganz Hall und stießen auf fruchtbaren Boden und eine große Nachfrage, weil Hall im Sommer vor allem, eine Touristenattraktion ist.

Wir verdienten so gut, dass wir Besuch, den wir häufig hatten, von unseren 1000 Euro extra im Monat in den nahe gelegenen, angrenzenden Biergarten am Kocher zu Flammkuchen und Bier oder Salat einluden. Das Geschäft lief so gut, dass wir einen Algerier zusätzlich einstellten; und die Schüler, die nachmittags nach Schulschluss auf der Mauer am Kocher ihre Zeit verbrachten („chillten"), halfen uns mit den Booten und den vielen Touristen.

Schließlich wurde auch die Schwangerschaft beschwerlicher, ich humpelte mit dem linken Bein, weil mir Lisbeth auf dem Steiß lag, was sich unmittelbar nach der

Geburt von allein regenerierte. Damit war auch wieder normales Fortbewegen möglich.

Wir waren dankbar, dass Metin, der Junge aus Syrien, der uns vertrat, wenn wir keine Zeit hatten, den Bootsverleih offenzuhalten, die Leute bei der Stange hielt und sich um alles kümmerte. Er durfte als Lohn dafür die Einnahmen zum Großteil behalten.

9.) Berufliche Wechsel meines Mannes

Auf Seiten meines damaligen Mannes auch wurde die berufliche Situation stressig und prekär, da die Druckerei Pleite ging und Insolvenz anmelden musste. Aus beruflichen Gründen ging mein Mann 2003 nach Stuttgart, bevor er dann ein weiteres Angebot im April 2004 in Bruchsal wahrnahm – wiederum in der Druckindustrie als Wirtschaftsingenieur Druck (FH).
Wie die Schwangerschaft und die Geburt, so sagt eine Volksweisheit, so wird das Kind.

Ich hatte mich, ja schon mit 31 Jahren, so überfordert in der Schwangerschaft, dass mein Kind nie schlief. Honigschnuller, so rieten mir die russischen Mütter, derer es in Hall sehr viele gab, sollten Abhilfe schaffen. Lisbeth also war mein Honigschnuller-Bootsverleihbaby. Es funktionierte, Lisbeth gedieh, war gesund, und irgendwann nach einem halben Jahr begann sie auch nachts zu schlafen und sich von dem von mir zugefügten Überforderungstrauma zu erholen.

Zwei Jobs, zu viel Arbeit – wir älteren Schwangeren unterschätzen, was eine Schwangerschaft bedeutet.

10.) Das zweite Kind Tom und die Krankheitsgeschichte vom Jahr 2000

Nachdem ich verstand, was es bedeutete, ein Kind zu haben, hörte ich auf zu arbeiten und schon kündigte sich das zweite Kind, Tom, an, der am 21. August 2003 das Licht der Welt erblickte – im Kreißsaal in Schwäbisch Halls Diakonissenkrankenhaus. Alles gesund, normale Entbindung ohne Komplikationen, was nicht selbstverständlich ist, angesichts der Tatsache, dass ich im Jahr 2000, vor Lisbeths Schwangerschaft, sehr krank war.

Das Jahr 2000 vor meinen Kindern, endete mit der ärztlichen Diagnose: Keine Kinder. Im Juni musste ich mich einer Eileiterentfernung unterziehen, im November machte dann ein durchgebrochener Blinddarm das Leben schwer.

Die Diagnose hatte ich dann infrage gestellt und entgegen des Rates mancher Ärzte meiner eigenen Intuition vertraut. Alles verlief ganz normal.

Schwangerschaft, Geburt und Wochenbett sind, so meine Gynäkologin, immer noch die gefährlichsten Zeiten im Leben einer Frau und auch des Kindes.

*Erholung im Jahr 2000 nach schwerer
Krankheit: Diagnose: „keine Kinder"
meinerseits in Kairo/Ägypten*

11.) Oft allein mit den Kindern durch berufsbedingt getrennte Wohnsituation

Ich war praktisch alleinerziehend, weil mein Mann seine berufliche Tätigkeit von Schwäbisch Hall erst nach Stuttgart und dann nach Bruchsal verlegte. Er konnte nur mittwochabends und am Wochenende kommen. Er nahm sich ein Zimmer in Bruchsal, weil ich den Kindern in Hall eine stabile Situation bieten wollte.

Als Lisbeth auf der Welt war und sich mein Leben, wie jedes einer frisch gebackenen Mutter; um 180 Grad gedreht hatte, beendeten wir auch in dieser Saison die Arbeit mit unserem Bootsverleih.

Mit Tom, der ja nur 14 Monate nach Lisbeth das Licht der Welt erblickte, hatte ich daheim jetzt mit zwei Kindern genug zu tun: Wäsche waschen, putzen, Stillen, Windeln wechseln, Kochen und sehr lange, sehr ausgiebige Spaziergänge durch Schwäbisch Hall und seine wunderschöne Umgebung sowie Besuche der örtlichen Krabbelgruppen und Spielplätze.

Wir wollten die Wohnsituation klären, damit mein Mann nicht nur mittwochs und zuweilen am Wochenende da sein konnte, sondern jeden Abend das bunte Treiben seiner Kleinfamilie miterleben konnte, also hielten wir Ausschau nach Häusern zum Kauf im mittleren Neckarraum. Wir hatten ja in den vier Jahren als Doppelverdiener einiges Geld zurücklegen können. Auch Mietwohnungen schauten wir an, was sich aber als schwierig herausstellte, angesichts der Situation, dass viele Vermieter Abstand nahmen, als sie hörten, dass wir ihre Wohnung mit zwei kleinen Kindern beziehen wollten.

Auf die Idee mit dem Kauf kamen wir während der Schwangerschaft mit Tom.

12.) Meine Heimat Neckarwestheim?

Ich hatte zuvor 16 Jahre lang meinen Großvater in Neckarwestheim, einem kleinen Ort in den Weinbergen, eine dreiviertel Stunde von Stuttgart entfernt, betreut.

Hier fanden aus meiner Ursprungsfamilie väterlicherseits seit Bau des Hauses 1970 alle Familienfeste, Weihnachten, Ostern, Geburtstage in kleinem oder großem Rahmen statt. Ich hatte seit meiner Kindheit, in der ich durch den Beruf meines Vaters bedingt viel umziehen musste innerhalb Deutschlands, hier immer das Gefühl, wieder zu Hause zu sein.

Mein Großvater, der dort allein auf 250 Quadratmetern lebte, verstarb plötzlich nach einem Oberschenkelhalsbruch. Sofort wurde mir klar: Das Haus möchte ich kaufen und die Familienfeste wie gewohnt dort weiter pflegen und meine Kinder großziehen, Marmelade einkochen und richtig spießig werden. Sesshaft eben.

Mein Großvater wollte das Haus – sein Ein und Alles – lange nach dem Krieg erworben, selbst gebaut 1970, immer in den Händen der Familie lassen.

13.) Das Thema mit dem Missbrauch der Cousine

Kurz vor dem Tod des Großvaters, zwei Jahre zuvor, 2002, wurde uns von seiner ihn auch pflegenden Tochter, meiner Tante, die wiederum eine einzige Tochter hat, meine Cousine, in den Mund gelegt bei einem kurzen Anruf, den sie nacheinander an alle Familienmitglieder, meine Schwester, meinen Bruder, meinen Vater, den Sohn des Großvaters, richtete, dass der Großvater, so hätte man in der Therapie festgestellt, mit 63 Jahren, also 1977, die Cousine missbraucht hätte. Ohne Erklärung, ohne Kommentar.

Ich hatte genug mit der Freude, aber auch der Pflicht, meiner Kinder zu tun, fuhr aber weiterhin, dann eben mit den Kindern, zu meinem Großvater, um ihm wie gewohnt in Haushalt und Garten zu helfen. Wir waren ja beste Freunde und ein sehr auffallendes Paar: beide so groß, er 1,92 Meter, ich 1,82 Meter. Er war Seniorkapitän vom Golfplatz Neckarwestheim und Ritterkreuzträger des Zweiten Weltkrieges. Oft waren wir auf Gartenpartys oder zu Essen von seinen Freunden aus dem Golfklub Schloss Liebenstein eingeladen und glänzten durch unsere positive Ausstrahlung und unsere Auftritte auf diesen Festen.

Die Tante, seine Tochter, zog sich abrupt aus der Pflege zurück, und man sah sie nie wieder am Ort Neckarwestheim.

Die Cousine richtete ein anwaltliches Schreiben (ihr Tübinger Anwalt heißt Johann Sebastian Bach!) mit den Vorwürfen des Missbrauchs an den Großvater, der dies wiederum seinem Nachbarn, Anwalt und Chef des

Atomkraftwerkes Neckarwestheim, weiterreichte. Welcher angeblich an die Cousine 2500 Euro zahlte, angeblich auf Wunsch des Großvaters.

Wir rätselten selbstverständlich alle, ob und was an dem Gerücht stimmen würde. Ich selbst hatte Jahre, ungefähr 16 Jahre zuvor die Cousine vom Strich in Stuttgart geholt oder ihr größere Summen für Drogen geliehen, ihr die Arbeit zu ihrer Ausbildung als Erzieherin geschrieben.

Ich war Helfershelfer und Mutterersatz für sie, was mir innerhalb der Familie als selbstverständlich schien.

Ich kannte sie ja nicht anders als ein eben etwas seltsames Kind mit Extremen.

In der Schwangerschaft mit Tom belastete mich das Thema so sehr, dass ich mit starken Blutungen in den ersten Monaten reagierte.

Ich besuchte die Diakonie in Schwäbisch Hall, eine psychosoziale Einrichtung, um mir Hilfe zu holen. Dort konnte ich reden und mir von einer sehr netten Psychologin helfen lassen.

Ich musste schließlich wegen der Blutungen in die Notfallpraxis der Gynäkologie am Kocher in Schwäbisch Hall, wo mir mitgeteilt wurde, ich solle mich aus dem Thema raushalten, was schwierig wäre, weil ich ja beide Personen, die Cousine und den Großvater, so gut kennen würde. Wenn ich es nicht schaffen würde, mir mehr Ruhe zu geben, so die Ärzte, wäre das Risiko groß, das Kind zu verlieren.

Ich versuchte mein Bestes, nicht zuletzt aus der Angst heraus, Tom zu verlieren.

Wie die Schwangerschaft, so die Kinder: Die Schwangerschaft mit Tom ließ mich hier ein sehr großes Problem lösen, ich schrie es heraus, weil es mich so sehr belastete.

Der Großvater belastete mich vehement mit dem Thema und setzte mich entsetzlich unter Druck, er war oder konnte sehr dominant sein, was mich dazu verleitete, ihm eine Haushaltshilfe zu besorgen über eine Zeitungsannonce.

Frau Skirdel, eine über die Zeitung gefundene Haushaltshilfe, kam und schmiss seinen Haushalt. Aber auch sie belastete er mit dem Thema und redete oft und immer wieder davon. Der Druck auf ihn war groß, denn der Ort Neckarwestheim, die Metzgereien, die Bäcker, die Gasthöfe, in denen wir als Familie dreißig Jahre verkehrt hatten, alle kannten sie den Großvater und seine Tochter, die Cousine, meine Geschwister und meinen Vater, ja, auch die früh verstorbene „janz patente" Berliner Großmutter bestens, und an einem Ort mit nur 3000 Einwohnern wird geredet.

Das Ganze ähnelte einem Agatha-Christie-Krimi im Schatten des Atomkraftwerkes.

Mir gegenüber versprach er sich, der eine Anwalt hätte zum anderen gesagt, er würde die Sache schon selbst nicht glauben.

Meine private Situation war sehr stressig, weil ich alleine zwei kleine Kinder zu versorgen hatte in unserer hübschen Wohnung in Schwäbisch Hall. Mein Mann musste ja zweimal den Job, den Ort seiner Arbeit, wechseln und war viel auf der Autobahn, sodass er nur manchmal mittwochs, meist aber am Wochenende, zumindest einen Tag auftauchte.

Auf Deutsch: „Wenn ich zum Pissen kam, hatte ich Glück gehabt!"

Tom kam nach „Erledigung" dieses unerfreulichen Randthemas am 21. August 2003 gesund auf die Welt. Welch große Freude, in so kurzer Zeit nach der Diagnose „keine Kinder" im Jahr 2000, zwei gesunde Kinder zu haben.

14.) Wohnungs- und Haussuche im mittleren Neckarraum

Durch die Jobwechsel meines Mannes waren wir gezwungen, die Wohnsituation zu ändern.

Wir suchten nach Mietwohnungen in der Nähe seiner Arbeit in Bruchsal, bekamen jedoch keine, da es mit kleinen Kindern seit jeher schwierig ist, Mietraum zu finden.

Im Februar 2004 erlitt mein Großvater, mit dem ich den Kontakt zum Schutz des ungeborenen Lebens, Tom, abgebrochen hatte, einen Oberschenkelhalsbruch. Mein Vater, sein Sohn und seine damalige Bekannte verlegten ihn nach der Erstversorgung im Krankenhaus in ein Pflegeheim im mittleren Neckarraum. Dort versuchte er in sein hübsches Haus nach Neckarwestheim zurückzukommen, das war aber aus medizinischen Gründen nicht möglich.

Er verstarb schließlich im Februar 2004 auf Grund seines geschwächten Zustandes, ohne einen Erbvertrag für sein Haus festgelegt zu haben.

Ich wollte dann unbedingt das lang ersehnte Haus in Neckarwestheim kaufen, mein Vater gab es an einen Makler in Bietigheim-Bisssingen. Mein Vater hatte im ganzen Ort verbreitet, dass ich, die ich den Mund zur Verteidigung meiner Cousine aufgemacht hatte, wochenbettdepressiv sei, um seinen toten Vater zu schützen vor Vorwürfen des Missbrauchs.

Ich versuchte also mein dreißig Jahre besuchtes Haus über den Makler zu kaufen.

Damals hatte ich keinen sonderlich guten Draht zu meinem Vater und war auch zu stolz, ihn selbst zu fragen, ob ich das Haus haben könnte.

Meine Tante, die Tochter des Großvaters, äußerte zum nachträglichen Schutz (!) meiner Cousine, das Haus solle nicht in Händen der Familie bleiben, wusste aber, dass es mein sehnlichster Wunsch war, es zu kaufen – für meine Kinder und auch aufgrund der Nähe zu Stuttgart und der guten Verkehrsanbindung des Ortes zu den Arbeitsplätzen meines Mannes.

Zitat: „Du willst immer die Wichtigste sein!", so äußerte sie neidisch mir gegenüber, die ich immer die Anerkennung des Großvaters hatte.

Meine Schwiegermutter würde hier weise konstatieren: „Der Neid ist das größte menschliche Leitmotiv!"

Ich wollte aufgrund der ganz pragmatischen Lebenssituation vor meiner älteren Schwester kaufen, was wahrscheinlich auch für meinen allein überlebenden Vater ohne Mutti, eine Komplettüberforderung seines Vorstellungsvermögens darstellte.

Der Makler schaltete uns aus seinen Bemühungen aus und verkaufte das Haus schließlich an eine Familie mit drei Kindern; ich war sprachlos.

Dreißig Jahre trifft man sich zu allen Festen in der Familie an diesem Ort und dann „rottet man die eigene Rasse aus", wie ein Studienfreund so treffend äußerte.

Dazwischen kündigte sich im Oktober 2004 das dritte Kind an. Das erschwerte es uns weiter, Mietwohnungen zu finden. Mit drei kleinen Kindern wollte uns niemand mehr haben, die machen ja Dreck!

Also suchten wir an den einzigen Tagen, an denen mein Mann frei hatte, nach Häusern zum Kauf im mittleren Neckarraum, also zwischen Bruchsal und Stuttgart, den Arbeitsorten meines Mannes.

Das war viel Aufwand, die Häuser anzuschauen, zu begutachten, abzuschätzen, wie gut Heizung und Rohrleitungen waren, was man machen müsste zur Sanierung.

Die Motivation aber war groß, wir hatten ja genug Geld zurückgelegt in unseren vier Jahren als DINK'ies und in den elf Jahren, in denen wir uns kannten.

Des Weiteren wurden bis Oktober 2006 junge Familien mit Kindern gefördert, Eigenheime zu erwerben mit der damals geltenden Eigenheimzulage, wie eine staatliche Förderung zu dieser Zeit genannt wurde. Sie betrug in unserem Fall dann im Oktober 2006 mit drei Kindern 32 000 Euro.

Nach langer Suche im mittleren Neckarraum und im Internet wurde ein zweites Haus in Neckarwestheim von dem gleichen Makler angeboten. Es lag direkt eine Straße neben dem Haus meiner Großeltern, dass ja mit allen Erinnerungen aus dreißig Jahren verkauft worden war.

15.) Das dritte Kind: Michel Juri

Inzwischen war auch unser drittes Kind auf der Welt, Michel Juri, der, wie man mir in der Schwangerschaft sagte, ein Mädchen werden sollte und dann, wie meine anderen Kinder als „Sterngucker", also falsch rum, mit dem Gesicht zum Himmel, nach zwölf Stunden Geburtsdauer als Junge das Licht der Welt erblickte. Mein netter schwuler Gynäkologe riet uns zu dem Namen Michel, wir hatten uns ja nur Mädchennamen ausgedacht. Und so geschah es. Das passte gut zu Lisbeth und Tom, war kurz. Meinem Mann teilte ich mit: „Wir geben ihnen kurze Namen, damit wir sie uns merken können!" und passte gut in unsere „schwedische Kleinfamilie".

16.) Ungerechtfertigte Abwertungen in der Kreditannahme bei unseren versuchten Hauskäufen

Wir waren nun als „Türken- oder „Hasenfamilie" verschrien in Schwäbisch Hall, und das in der Penthousewohnung, die einer großen Spedition in Schwäbisch Hall gehörte.

Die Wohnung war praktisch, auch mit drei Kindern. Alles lag nahe: Spielplätze, Krabbelgruppen, Kinderärzte, Apotheken, Einkaufsmöglichkeiten.

Außerdem war die Wohnung sehr gut zu putzen durch die großen offenen Räume.

Die Vermieterin baute an die vom Aufzug in die Wohnung führende Treppe oben ein Kindergeländer ein, damit niemand seine Krabbelversuche mit einem Treppensturz beendete.

Die Situation stellte sich nun als äußerst stressig dar. Drei Kinder in drei Jahren, wir waren dauerhaft schlaflos, aber gut organisiert trotz der getrennten Wohnsituation.

Michel war ein rothaariger, sommersprossiger Prachtkerl und wurde von seinen großen Geschwistern als prima Spielkumpel begrüßt. „Supersüß", so nannten wir ihn.

Nachdem Michel, drei Monate lang gestillt, gediehen und gewachsen war, schafften wir einen Dreifach-Kinderwagen an, der eigentlich nur zwei Kinder tatsächlich durch die Gegend fahren konnte. Eines musste immer stehen.

Wir eroberten das uns bekannte Schwäbisch Hall mit der Comburg und allen Außenbezirken, mieteten in der Kleingartenanlage einen kleinen Garten an, den wir bepflanzten, was den Kindern viel Spaß machte.

Uns war Unrecht geschehen, uns das Haus nicht zu verkaufen, in dem ich den Großvater 16 Jahre lang besucht hatte und das für mich dreißig Jahre zur Heimat durch Familienfeste geworden war, insbesondere weil ich als Kind durch den Beruf meines Vaters viel durch Deutschland ziehen musste.

Diakonissenkrankenhaus Hall, Unrecht Nr. 2 „Ich hebe meine Augen auf zu den Bergen – woher kommt mir Hilfe? Die Hilfe kommt vom Herrn, der Himmel und Erde gemacht hat." (aus der Bergpredigt, angebracht am Eingang des Diakonissenkrankenhauses)

Und wieder kündigte sich eine neue Herausforderung an: Der Winter 2005/2006 wurde eisig kalt. Unsere Wohnung mit ihren fünf Meter hohen Giebeln war wohl dafür, dass sie in einem Geschäftshaus lag, gut isoliert, hatte aber einen großen Zuglufteffekt, wie Frauen, insbesondere schwangere Frauen, ihn aus Hallenbädern kennen.

Die Luft zirkuliert, steigt von den unter den großen Fenstern gelegenen Heizkörpern warm auf und fällt dann in rasanter Geschwindigkeit wieder im Kreisbogen von der Decke runter, was bei einer Höhe von fünf Metern einen enormen Zug bewirkt. Michel wurde schwer krank. Er rang nach Luft und erkältete sich bis zu siebenmal, was bis zur Lungenentzündung mit akuter Lebensgefahr führte.

Seine Sauerstoffsättigungen beliefen sich auf einen Wert unter 80 (100 ist normal), was ein sofortiges Notfallprogramm des Diakonissenkrankenhauses Schwäbisch

Hall erforderte: Cortison Spritzen in den Kopf, wie man das bei Neugeborenen macht, alle zwei Stunden Inhalationen mit Salbutamol Trom und anderem legten uns einen Alltagsrhythmus dar, der sich ganz dem kranken Kind anpasste und oft zu Freistellungen meines Mannes in der Bruchsaler Firma führte, weil meine zwei Hände, die mit der Kinderklinik Hall zusammenarbeiteten, nicht genügten. Mein Mann musste daher die Strecke zwischen Bruchsal und Hall oft fahren und wir mussten einen vom Jugendamt gesponserten Notfallkinderhort für die beiden Großen am Diakonissenkrankenhaus bemühen, damit ich Tag und Nacht im Diakonissenkrankenhaus bei Michel sein konnte. Es ging um Leben und Tod des Babys. Der Klinikclown, der vom Diakonissenkrankenhaus engagiert war, brachte ihn oft zum Lachen. Das war unser Highlight ...unsere große Hoffnung!

Die Kinderärzte wiesen uns an, die Wohnsituation schnellstmöglich zu ändern, das Kind würde keinen weiteren Winter in der Wohnung überleben.

Wir versuchten ja bereits seit zwei Jahren unser Möglichstes, nicht allein wegen Michels Lungenerkrankung, sondern auch wegen der getrennten Wohnsituation, die nicht genug „Manpower" für sechs Kinderhände lieferte.

Im Internet fanden wir über Immobilienscout ein zweites Haus in der Nähe des von meinem Großvater gelegenen.

Der Makler war der gleiche, der das Haus meines Großvaters verkauft hatte. Er forderte zur Besichtigung von uns einen kompletten Kreditantrag und stellte uns als „nicht kreditwürdig" dar. So etwas hatten wir und die Debeka, die den Kreditantrag erstellte, noch nie erlebt. Die Debeka, Deutsche Beamtenkasse, vergibt neben Banken auch Kredite. Wir waren dort hoch lebensversichert und bemühten daher selbige für den geforderten Kreditantrag. Da ich noch viele Leute im Ort von den Besuchen beim Großvater kannte, ermöglichten uns die Eigentümer unter der Hand einen Besichtigungstermin. Mit krankem Kind nutzten wir die wenigen Sonntage, an denen mein Mann zu Hause war, um Häuser zu besichtigen, die schnellstmöglich zum Kauf für uns in Frage kamen.

Das Haus schien perfekt: 160 Quadratmeter, Parkett, oben und unten je vier Schlafzimmer und mit großer Terrasse. Die Debeka, bei der wir hoch lebensversichert waren, beeilte sich, den kompletten Kreditantrag zu erstellen, weil sie wie auch der Makler um unsere Not mit dem kranken Kind wussten. Es ging also darum, dass wir schnellstmöglich kaufen wollten, um der Zugluft in der Wohnung zu entkommen und damit weiteren Zusammenbrüchen gesundheitlicher Art von Michel, dem Kleinsten.

Nach Zugang des fertigen Kreditantrages setzte der Makler das Haus entgegen der Wahrheit auf „verkauft". Wir erfuhren von Leuten im Ort Neckarwestheim, dass das Haus nicht verkauft sei, man habe es gestern noch besichtigt.

Ich machte dann den Makler fertig, der unsere ihm bekannte Notsituation wissentlich ausnutzte und wir durch den zeitlichen Verzug keine Zeit mehr hatten, ein anderes Haus zu kaufen und damit auch nicht in den Genuss der staatlichen Förderung „Eigenheimzulage" kamen. Ich schickte ihm in Selbstjustiz die Russen von Schwäbisch Hall.

„Nix machen, nur die Straße und Hausnummer des zweiten Hauses nennen!" Es gab einen Russen in Hall, der immer unser Auto reparierte, und der fand es belustigend, uns zu helfen.

Die Presse Neckarwestheim rief uns an, „ob sie einen Film drehen könnten!"

Sie fand die Situation des „Agatha-Christie" Filmes neben dem Atomkraftwerk und das daraus resultierende Maklerverhalten sowie meine aggressive Reaktion auf das Unrecht filmreif.

Leider musste ich in der Not der Stunde ablehnen, wir mussten ja schnellstmöglich handeln.

Damals schrieb ich an die Kreditabteilung in Stuttgart, um die Kreditvergabe zu beschleunigen und die Leute ein bisschen von dem Unrecht, dass auch sie erkannten, mit Musik abzulenken:

„Es spielt ein Bass, keine Geige, ein Tenorsaxofon, und so traurig und sentimental dieser Winter auch war, als so sinnvoll empfind ich ihn auch!" Sylvina, meine Stuttgarter Freundin, schickte ich mit Berlinern dorthin, die Kreditabteilung zu beköstigen.

Michel versprach ich im Krankenhaus in meiner völligen Verzweiflung: „Ich kaufe dir Tara (zu Hause, ein Haus) – ich will's nicht geschenkt!"

Der Makler hatte ein schlechtes Gewissen, uns das erste Haus nicht gegeben zu haben. Mein Vater hätte ihm gesagt, wir hätten kein Geld, eine typische Eigenschaft dieser Familie, die immer jemanden braucht, den sie abwerten kann. Ich komme aus einer Familie mit sehr viel männlicher Macht. Mein Vater wiederholte nicht den

Missbrauch, aber die Abwertungen. Er war – wie sein Vater bei Missbrauch – hier in Form von Hauskäufen im Jahr 2006 63 Jahre alt. Die Dinge wiederholen sich, wenn man sie nicht aufarbeitet.

Eigentlich sagt man in der Therapie, die dritte Generation, also ich, wäre frei, wenn in der zwei Generationen zuvor Machtmissbrauch stattgefunden hatte – bei uns war das nicht so.

Nun, alea iacta est, der Würfel war gefallen. Wir mussten jetzt umziehen, das Kind würde ja, gerade gesund, aber noch blass, keinen weiteren Winter überleben.

Ich fand ein kleines 300 Jahre altes Häuschen mit blauen Fensterläden in Schwäbisch Hall-Gelbingen, einem direkten Vorort von Schwäbisch Hall. Das junge englische Pärchen, das einen neuen Mieter für das Haus der Eigentümerin aus Pforzheim suchte, sah unsere Not und sagte uns das Haus zu.

17.) Umzug 1

Ich arrangierte alles für den bevorstehenden Umzug. Insbesondere der Klaviertransport musste zügig vonstattengehen.

Wir waren bereits acht Jahre nicht mehr umgezogen, und mit drei kleinen Kindern stellte sich der Umzug – insbesondere weil Michel alle zwei Stunden inhalieren musste, als stressiger heraus als gedacht.

Im Oktober 2006 wären wir – wie gewünscht in das zweite Haus umgezogen und hätten wir – wie eigentlich gewollt, auch gekauft, glaube ich, wäre nach Unrecht 1, was uns geschah, alles gut geworden und hätten wir Sinn erlebt.

Die Suche nach dem Sinn:

*Tom, Michel, Lisbeth von links
im Oktober 2006 in Schwäbisch Hall*

Dazu ein Auszug aus dem „Sinn unseres Lebens" und aus dem Buch von **Rosa Albach-Retty**, Großmutter von Romy Schneider: **„So kurz sind hundert Jahre!" – Erinnerungen, München 1980**

Oder: Wo kommst Du her, wo gehst Du hin?

„Ich habe mich nie von Schmerzen beherrschen, von Ängsten übermannen lassen. Ich habe nie in Traurigkeit gewühlt. Vielleicht bin ich deshalb so alt geworden und so heiter geblieben. So zu werden, war allerdings nicht leicht.

Denn nichts ist schwerer, als sich selbst zu zügeln, das heiße Herz durch den Verstand zu kühlen. Auch in meinem Leben gab es Kummer und leidenschaftliche Verstrickungen. Doch ich hatte Glück, ich ging den Weg mit meinem Mann.

Er hat mich geliebt, verstanden, beschützt und mir jenen Halt gegeben, den man als Frau braucht, um im Leben und auf der Leinwand immer den vollen Einsatz zu wagen. Beim Tod meines Sohnes hatte ich keine Tränen, ich war wie versteinert.

Wenn ich heute, vom Berg meiner mehr als hundert Jahre, auf die Landschaft meines Lebens blicke, bin ich verwirrt und fasziniert zugleich und sehe in allem, so seltsam, ja so irreal es auch scheinen mag, eine eigenwillige Fügung des Schicksals!"

Sinnerfahrung, nämlich nach der Not mit Michel, wieder Freude zu sehen, das Unrecht von Haus eins aufzulösen, könnte man auch mit Václav Havel beantworten:

„Glauben ist eben nicht die Überzeugung, dass etwas gut ausgeht, sondern die Gewissheit, dass etwas Sinn macht, egal wie es ausgeht."

So glaube ich auch, dass sich nach den natürlichen Gesetzen des Lebens die Kreise schon schließen! Nicht umsonst heißt Michel Michel Juri, also mit Zweitnamen Jürgen oder übersetzt: Der Bauer, der Landmann. Er wird Taras Nachfolger!

Tara: Das Gewicht. Denn Das Wesentliche hat oft kein Gewicht!

In psychologischer Menschenkenntnis: Das Enneagramm handelt ein Mensch in 9 verschiedene Typen eingeteilt in der höchsten Verzweiflung immer ähnlich: ich gehe immer nach Hause, habe die gleiche Rolle auf der Welt wie die Hauptdarstellerin in dem Film: Vom Winde verweht. Sie brüllt nicht, wie andere, sie schlägt nicht, sie geht nach Hause, um die Lösung zu finden. Ich lehne mich hier an diese Menschenkenntnis in 9 Teilen, das Enneagramm und vom Winde verweht an.

Ich wollte ihm Tara kaufen, oder ich werde ihm Tara kaufen!
Tara, hier: Das Zuhause, das Wesentliche, das Gewicht, hier meine ich das Elternhaus meiner Großeltern Neckarwestheim.
So die Aussagen meiner Freundin: „Ich glaube auch, dass alles gut geworden wäre, wärt ihr in das zweite Haus gekommen.

Hier wurde alles anders, alles ging schief. Das kleine Häuschen in Gelbingen, in das wir gezogen waren, war 300 Jahre alt und hatte Mäuse. Wir stellten Fallen auf, aber es hätte viel an dem Haus gemacht werden müssen, was wir vorher nicht sehen konnten. Ich wehrte mich auch dagegen, in die Abhängigkeit meines Mannes zu geraten, weil er sich von seiner Mutter aufgrund einer Kindheitsverletzung/Hörschädigung, nicht trennen konnte.
Das Problem war, dass wir weiterhin die getrennte Wohnsituation meistern mussten. Wir entschieden nach kurzer Zeit, eine Mietwohnung in Bruchsal zu suchen, am Arbeitsplatz meines Mannes. Ich gab aus völliger Überlastung nach. Obwohl sich dann meine eigentliche Befürchtung, nicht in die Abhängigkeit des Mannes zu geraten, bewahrheitete und schließlich zur Totalkatastrophe führte.
Nachdem das Schlimmste mit Michel vorbei war, brach ich kurzfristig zusammen: Ein halbes Jahr am

Stück brach immer wieder mein Mittelohr durch – meine Kindheitserkrankung, meine „Achillesferse". Es blieb mir nichts übrig – ich musste funktionieren und biss die Zähne zusammen: Mittelohrentzündung am laufenden Band eben ...

Ich hatte keine Zeit, mich um meine eigene Schwachstelle zu kümmern.

18.) Umzug 2

Ab hier gibt es zwei Lösungen, eine religiöse und eine pragmatisch gelebte.

Der Umzug stellte sich als äußerst stressig heraus. Das Klavier musste transportiert werden, das Auto umgemeldet, der Kindergarten neu gefunden.

Wir wechselten dann jedes Wochenende. Einer passte am Spielplatz in Gelbingen auf die Kinder auf, der andere suchte nach Wohnraum, nahm das Auto und fuhr alleine nach Bruchsal und Umgebung.

Schließlich, uns wollten ja mit drei kleinen Kindern nicht so besonders viele Vermieter, half uns der Bruder meines Mannes, der in Speyer gebaut hatte und schon lange dort wohnte. Wir konnten zu fünft zwei Wochen dort wohnen und täglich schneller nach einer Mietwohnung suchen.

Schließlich fanden wir ein Mietshaus in einer Einfamilienhaussiedlung gleich bei der Firma.

Ich war fertig mit den Nerven. Das waren zwei versuchte Hauskäufe, für die wir die Kredite bekamen, aber nicht wie gewünscht kaufen durften, das kranke Kind, was wie fünf Kinder in drei Jahren ist und dann in einem halben Jahr zwei Umzüge. Im April 2007 zogen wir ein. Die ehemalige Wohnung, das kleine Häuschen, wurde mithilfe von Bekannten, die ich bei H&M kennengelernt hatte, gestrichen, die Möbel in Nachtaktionen nach Bruchsal gebracht, Michel musste alle zwei Stunden inhalieren, und die nächste Kindergartenummeldung für Lisbeth und Tom startete.

Außerdem funktionierte die Waschmaschine, die mit drei kleinen Kindern unabdingbar ist, nicht, sodass wir zweimal den Keller wegen Überflutung auspumpen mussten.

19.) Die Ehebrecherin

Unmittelbar nach dem Umzug lernte mein Mann in seiner Firma, die nach Rostock (Papierlieferungen von Norwegen: neue Druckmaschine) expandierte, dort auf dem Einweihungsfest für eine neue Druckmaschine seine neue Frau, die Ehebrecherin, kennen.

Er floh schlicht vor dem Stress in der Familie und hurte nächtelang besoffen in und um Bruchsal und in Rostock, in einem Haus der Familie der Ehebrecherin herum.

Ich deckte das Ganze, als jeden Abend die Polizei bei uns erschien und sagte, mein Mann würde besoffen Auto fahren. Die Geschäftsführung rief mich an, er würde schlicht nicht mehr in die Firma kommen. Welche Chance, etwas zu tun, hatte ich auch mit drei kleinen Kindern, von denen das eine immer noch krank war. Den Kontakt zu meinem Vater hatte ich abgebrochen, er war ja der Verursacher unserer gescheiterten Hauskäufe in Neckarwestheim.

20.) Vierte Schwangerschaft

Außerdem war ich das vierte Mal schwanger.

Weil mein Mann erklärte, er wolle mich psychisch krank machen, er wolle mir die Kinder wegnehmen, rief ich dann doch meinen Vater an und bat um Hilfe.

Sein Bruder positionierte sich mit seinem Wohnwagen vor dem Kindergarten, in dem Lisbeth und Tom angemeldet waren und ließ Falschberichte von der Kindergärtnerin erstellen. Ich hätte Michel in den Baggersee geschmissen! Die Leitung stellte genau solche Berichte aus, obwohl Michel entgegen ihrer Aussagen aufgrund seiner Krankheit nie im Kindergarten angemeldet war!

Die Geschäftsführung meines Mannes rief mich an und erklärte, dass ich die volle Rückendeckung der Firma hätte.

Ein weiteres Problem war, dass ich unmittelbar nach Einzug in das Haus, das, wie die Nachbarn von den Vormietern zu erzählen wussten, einem „Fluch" unterlag, das vierte Mal schwanger war.

Die Geschäftsführung kündigte zugunsten der Kinder meinem Mann außerordentlich fristlos.

Mein Mann erklärte daraufhin dem Jugendamt, das er eingeschaltet hatte, er habe sich zugunsten der Kinder um Freistellung von der Arbeit bemüht! Egal was er tat, ihm wurde geglaubt. Das vierte Kind verlor ich durch eine Fehlgeburt. Im Juli 2007 schließlich packte ich die Sachen der Kinder und verschwand mit ihnen aus Bruchsal.

21.) Umzug 3

Ich floh also nach der Fehlgeburt in das Haus meines Vaters auf der Ostalb, ein
250 Quadratmeter großes Haus, das ich binnen kurzer Zeit renovierte. Ich strich die Wände und verlegte Teppich in den Kinderzimmern, um dem Anspruch „Der Eindruck nach außen muss stimmen" Genüge zu tun.

Mein Vater übernahm alle Kosten für Wohnraum und Essen, und zusammen versorgten wir die Kinder gut. Sie wurden im vierten Kindergarten binnen eines Jahres angemeldet.

Mein Mann bekam vom Amtsgericht Aalen, dass er eingeschaltet hatte, sofort ein Umgangsrecht, während ich psychologische Bescheinigungen vorlegen musste, was man bei ihm noch nie erfragt hatte.

Ich ging Ende November mit den Kindern in Mutter- und Kind-Kur an den Chiemsee nach Chieming.

Das war sehr hübsch, Michel erkrankte, nicht auch zuletzt durch den ganzen Stress hin und wieder leicht, was mit Inhalieren aufzufangen war.

An Weihnachten zurück im Haus meines Vaters, hatte ich noch am ersten Weihnachtsfeiertag vor Gericht zu erscheinen. Das Gerechte/Ungerechte an der Aktion war immer, dass ich später nie ein Umgangsrecht bekam, mein Mann immer, ohne je einen Nachweis über seine psychische Zurechnungsfähigkeit darlegen zu müssen.

22.) Ungerechtfertigte heimliche Inobhutnahme der Kinder – Die Ehebrecherin, ungewollt kinderlos, kommt endlich zu Kindern!

Im April 2008 beauftragte der Bruder des Mannes an einem Samstag das Jugendamt Speyer, die Kinder, während ich beim Einkaufen war, zu ihm in Obhut zu geben. Das Jugendamt machte ungeprüft, wie ihm geheißen.

Mein Vater, der zu Hause auf die Kinder aufpasste, schien nicht nachgefragt zu haben, während ich samstags meine Einkäufe machte.

Vielleicht konnte ich damals meinem Vater nicht schnell genug vergeben, das war ein Fehler, obwohl er ja alle Kosten übernahm und half und kochte, was das Zeug hielt, denn ich brauchte Jahre, um zu verstehen, dass Vergebung uns frei macht, aber damals musste ich handeln, schnell. Mein Vater war schließlich auch naiv, dem Jugendamt – man macht es das erste Mal im Leben – die Tür aufzumachen!

Man muss dazu sagen, dass man das alles in Rage das erste Mal macht und er, auch älter geworden, da wie ein Ochs vorm Berg stand und wahrscheinlich nicht wusste, wie sich verhalten. Wir haben nie darüber gesprochen. Man sperrte die Kinder nun in den fünften Hort in Speyer, damit mein Mann sein neues Haus von ihr, der Ehebrecherin, streichen konnte. Nach acht Wochen wurden die Kinder in die Heimat der ungewollt kinderlos gebliebenen Ehebrecherin nach Fulda gebracht. Ich habe sie seitdem nie wiedergesehen.

Sehr viel später, vorletztes Jahr, 2021 haben sich zwei wegen Bafög gemeldet, gesehen aber habe ich sie nicht wieder.

23.) Umzug nach Fulda

Der Richter in Fulda wies an, dass ich zum Psychiater müsse, der mich wiederum für bescheuert erklärte.

Eigentümlich auch, dass mich noch nie jemand für krank erklärt hat, erst als der Mann fremdging, schlicht rumgevögelt hat und vor der Familie floh, hatte ich angeblich alles, was sich Psychiater an Diagnosen ausdenken konnten. Würde ich es noch mal machen, ich würde den Gang zu jeglichem Psychiater vermeiden beziehungsweise verweigern. Das Ergebnis war: hohe Rechnungen von eben denen, und später wurden dann zusätzlich Verfahrenspfleger einbezogen, die die Kinder befragen sollten, auch deren Forderung allein war GELD!

So einfach läuft das. Selbstverständlich sendete man mir auch die Rechnung des Hortes, obwohl ich jederzeit, wie ein paar andere wenige Psychiaterinnen bestätigten, in der Lage war, meine Kinder zu versorgen.

So haben es die Jugendämter in Fulda und Aalen geschafft, die Kinder, darunter auch ein krankes, ohne jegliche Notwendigkeit an eine Frau zu delegieren, die sich zwei Eileiter weggesoffen hat, sie neigt zum Alkohol. Hat aber furchtbar viel Geld und viele Häuser.

Es war ein ganz einfacher Coup: Mein Mann dachte, ihr die Kinder, die sie nie kriegen konnte, zu geben, sie ihm die Häuser, die er nicht verteidigt hatte: Sie hatte damals derer zwei.

Fraglich, warum man ihr vorher nie Kinder zur Adoption in Aussicht gestellt hat. Der Nachbar dieser Ehebrecherin, ein Schafhirte, betonte, sie sei – wie er sie kenne – die „Matratze" von Fulda.

Ich hatte seitdem nie irgendein Recht, nur die Verpflichtung, sämtliche psychiatrische Gutachten, denen ich mich nicht entziehen konnte sowie die von meinem Mann verursachten Gerichtskosten zu begleichen sowie meinen Lebensstandard auf 880 Euro runterzufahren, der Rest ging immer an die Kinder. Der Preis für mich, ich, als die Geringste in der Angelegenheit, war zu hoch.

Zunächst konnte ich das nicht glauben, damals bekam ich nur 800 Euro, als ich arbeitete blieben mir laut Tabelle „Die Düsseldorfer" 1080 Euro.

Die Düsseldorfer Tabelle regelt Unterhaltszahlungen von geschiedenen Elternteilen gegenüber den Kindern.

Ich entschied, mich mit einer der psychiatrischen Diagnosen, die es ja zuhauf gab, berenten zu lassen. Nebenbei konnte ich ja Nachhilfe geben oder anderen Tätigkeiten nachgehen.

Das schien mir nach dem ganzen Stress sinnvoller und machte finanziell keinerlei Unterschied.

Psychiater fragen nie nach einer sinnvollen Beschäftigung, sie verurteilen Menschen wie immer sie wollen, so meine Lebenserfahrung, man sollte sich von solchen Leuten fernhalten.

Meine einzige gerechte Chance war, die Kinder zu nehmen und zu gehen, was ich ein paar Mal versuchte, woraufhin mein Mann alle Polizei der Welt einschaltete.

Was ein Richter anweist, macht die Polizei ungefragt in Deutschland.

Der erste Richter – in Aalen –, der höchstens 32 Jahre alt war und dieses Unrecht verursacht hatte, lag dann im Sterben.

Er verlor seinen linken Arm und bat mich dann, im Sterben liegend, zu sich. Erstmalig wurde nicht die Polizei auf mich gehetzt, sondern er forderte die sofortige Herausgabe der Kinder an mich, konnte sich aber in Fulda nicht mehr durchsetzen, bevor er dann doch mit jungen 32 Jahren verstarb – vielleicht und nicht zuletzt, weil er Unrecht gesprochen hatte?! Über Tod und Leben zu urteilen steht mir aber nicht zu.

In meiner Not zog ich den Kindern hinterher nach Fulda.

Mietete eine kleine Wohnung mit Garten, wo die Kinder spielen konnten, in der Nähe der Innenstadt.

Um ein Umgangsrecht zu beantragen, musste ich beim Psychiater in Fulda vorsprechen, der konstatierte, vor Weihnachten könne man mir (es war Mai) kein Umgangsrecht einräumen. So erklärte das dann auch der Richter.

Mein Mann also, der fremdging und machte, was er wollte, bekam am 26. Dezember 2007 ein Umgangsrecht, ich musste oder sollte ein ganzes halbes Jahr warten.

Ich müsse darauf Rücksicht nehmen, dass die Ehebrecherin und der Mann das Haus noch streichen müssten und einrichten! Hatte je mal einer auf mich Rücksicht genommen?

Ich bewarb mich am staatlichen Schulamt um Arbeit und begann, nachdem ich die Wohnung eingerichtet hatte und mir Fulda so einigermaßen vertraut war, im Lehramt zu arbeiten.

Schließlich schickte man mir horrende Rechnungen, die ich zu begleichen hatte, von Gerichten, die ich nie eingeschaltet hatte und vom Jugendamt, das ein halbes Jahr auf sich warten ließ, um auch mal meine Wohnung zu besichtigen. Zwei Jahre später stellte sich heraus, dass ich keinerlei Rechte auf die Kinder hatte, jedoch zur Zahlung gezwungen wurde und mir nach der Düsseldorfer Tabelle lediglich 800 Euro Selbstbehalt zu standen.

Daneben hatte ich bereits circa 50 000 Euro für Gerichtskosten, psychiatrische Gutachten, Verfahrenspfleger und später Betreuungen zu zahlen, was ich alles nicht vermeiden konnte, sondern was mir aufgezwungen wurde.

Ich weiß gar nicht, wie man die Idee haben kann, jemanden krank zu machen und vor allem Richter, Psychiater und Jugendämter finden kann, die dabei mitmachen auf Rechnung des Opfers.

Platon: „Schlimmer sind die, die im Sinne des Rechts Unrecht begehen."

Heute lege ich die Geschichte, mit denen nicht reden zu dürfen, die Worte nicht zu finden, in die Hände einer höheren Macht.

24.) Eine Antwort der Religion

Eine Welt ohne Wörter ist eine Welt voller Wunden.

Unrecht Gut gedeihet nicht, und nachträglich wage ich zu glauben, dass hier Gelder der sehr betuchten, aber ungewollt kinderlos gebliebenen Ehebrecherin geflossen sind, um so an Kinder zu kommen, wenn sie es schon auf legalem Wege nicht geschafft hat.

Ich wendete mich ans Kloster Elioba in Petersberg (ein Teilort von Fulda), an Schwester Lioba, die sich viel Zeit für mich nahm.

„Stellen Sie sich vor, es ist Krieg! Nehmen Sie die Kinder und gehen Sie! Tausenden vor Ihnen ist es gelungen!"

Das ihr Rat, der Rat Gottes, wie sie betonte, an mich.

Nicht verzagen, Lulu fragen: Alsbald wollte ich ihren Rat in die Tat umsetzen, nachdem mir bewusst wurde, dass ich auf offiziellem Wege keine Chance haben würde, meine Kinder je wiederzusehen.

25.) Umzug zurück nach Baden-Württemberg mit Arbeit im Lehramt, in der Absicht, mir ein „Saubermannimage" gegenüber den Gerichten zu geben!

Baden-Württemberg suchte damals dringend Lehrer, und aufgrund all der Demütigungen und Rechnungen, dem ewigen nutzlosen Warten auf nie stattgefundene Umgangstermine verließ ich Fulda, zog ins Haus meines Vaters mit ein und bekam Arbeit als Klassenlehrerin für eine 2. Klasse an einer Gemeinschaftsschule in Schrozberg.

In den Pfingstferien fiel mir Folgendes ein: Flucht mit den Kindern ...

26.) Flucht mit den Kindern

Ich habe gemeinsam mit einer Türkin, die ein kleines Baby auf dem Arm hatte, und die ich an einer Tankstelle traf, versucht abzuhauen. Wir trafen uns zufällig beim Tanken. Als ich ihr Baby sah, Michel war ja erst zwei und sehr krank, also sehr eng an mich gebunden, brach ich in Tränen aus, und sie fragte mich, warum? Ich erzählte ihr kurz die Story, und sie hatte angeblich Mitgefühl mit mir. Kurz entschlossen verabredeten wir, in den Pfingstferien, ich arbeitete damals an einer Schule in Schrozberg, die Kinder aus Fulda zu holen.

Sie wollte sich als Tante ausgeben, und ich schlug vor, einen Gerichtsbeschluss zu fälschen, in den wir reinschreiben wollten, dass die Kinder für ein Familienfest an die Tante rausgegeben werden sollten.

Als Gegenleistung wollte ich ihr bei ihrem Desaster mit ihren Schulden helfen, sie beraten, wie sie ihr Geld besser einteilen könne, so die Verabredung.

Gesagt, getan: Ich wohnte weiter bei meinem Vater in Oberkochen, wo ich nach meinem Ausflug nach Fulda wieder eingezogen war. Dort konnte ich aus verbindungstechnischen Gründen leider keinen Computer anschließen und kam nicht ins Internet.

Nachdem ich in Fulda festgestellt hatte, dass alles zugunsten des Mannes abgesprochen war, verabschiedete ich mich aus Fulda, kündigte die Wohnung und bewarb mich für einen Lehramtsjob in Baden-Württemberg, die gerade Lehrer suchten. In Schrozberg, ein Ort bei Crailsheim, brauchten sie mich für eine 2. Klasse als Krankheitsvertretung. Die Schule war sehr nett, und ich machte dort einen guten Job, ja, mir wurde sogar ein weiteres Jahr angeboten, um meine endgültige Verbeamtung zu ermöglichen. Ich unterrichtete als Klassenlehrerin die 2. Klasse und Kochen für die 9. Klasse Hauptschule, heute würde es heißen: Werkrealschule. Kochen hatte ich noch nie unterrichtet, es stellte sich als die „obercoole" Herausforderung dar.

Kochen war sehr lustig, aber auch sehr anstrengend. Meist war ich freitags bis 18 Uhr damit beschäftigt, die sechs Großküchen zu putzen, weil ich nach der Trennung kein Selbstbewusstsein mehr hatte und wenig Durchsetzungsvermögen angesichts einer 9. Klasse Hauptschule mit 16- bis 17-jährigen „Halbstarken".

Zu der Flucht, der dann leider gescheiterten:

Ich fuhr nachts – wie verabredet – so gegen 0.30 Uhr los, die Türkin abzuholen, die einen Teilort weiter wohnte. Einen Ort neben meinem Vater, in dessen Haus ich ja lebte.

Vor ihrer Haustür ein riesiges Polizeiaufkommen!

Oh, oh, dachte ich, entweder hat sie „Scheiße" an der Backe, oder ich komme in Teufels Küche, wenn ich sie abhole. Also fuhr ich alleine weiter. Ich fuhr zu meiner Schule in Schrozberg, weil ich vorhatte, dort den Gerichtsbeschluss zu fälschen. Nachts in der Schule, bei meinem Vater war es nicht möglich, einen Computer anzuschließen, daher der Arbeitsort Schule gewählt, kopierte ich das Wappen von Baden-Württemberg in einen Hessischen Beschluss (ich tauschte das Baden-Württembergische Wappen gegen das Hessische in einem von mir gefälschten richterlichen Beschluss, einer richterlichen Anweisung, die ich erfunden hatte) und schrieb den Text dazu: „Wir weisen an, die Kinder an Frau Ötztürk (Name geändert) herauszugeben für ein Familienfest."

Ich fuhr mit dem Beschluss weiter nach Fulda, wo ich morgens um 4 Uhr Markus, den ich kannte, anrief, ob ich bis 6 Uhr bei ihm pennen könne. Ich würde dann um 8 Uhr meine Kinder abholen.

Als ich bei Markus eintraf, dachte ich aus Pflichtgefühl der Türkin gegenüber, ich müsste sie anrufen, um ihr mitzuteilen, warum ich sie nicht abgeholt hatte.

Ich rief also morgens um 4 Uhr bei der Türkin durch, dass ich sie aufgrund größeren Polizeiaufkommens bei ihr vor der Haustür nicht abgeholt hatte.

Später wusste ich dann, erst viel später, dass sie mich an die Polizei verraten hatte, um sich bei denen Aufmerksamkeit zu verschaffen.

Binnen fünf Minuten klingelte es bei Markus an der Tür: (die Polizei hatte binnen Sekunden mein Handy geortet) „Hier Polizei Fulda, Frau Boucher, sind Sie angezogen?" Patsch machte es, und die Tür wurde aufgebrochen. Markus, der die Tür öffnete, wurde einmal durch die Wohnung geweht, landete auf seinem Allerwertesten in der Küche auf seinem Küchenfußboden und holte sich ein paar blaue Flecken.

Ich wurde gefesselt und abgeführt, mein Auto wurde durchwühlt, sie fanden den Gerichtsbeschluss, und ich wurde in den Knast gesteckt. Dort verbrachte ich eine Nacht, und die Polizei Fulda entschied, dass ich in die Klapse gehörte. Dort fand ich mich dann am nächsten Tag wieder, acht Wochen in der Psychiatrie in Fulda wurden angewiesen.

Der leitende Chefarzt, ich kannte ihn ja schon, bezeichnete mich als manisch-depressiv, von ihm hatte ich schon jegliche Diagnose erhalten, die man sich ausdenken konnte.

Langweilig, wie solche Klapsen sind, wartete ich dort meine acht Wochen ab und kam zu spät wieder in der Schule an. Der Rektor hatte für vieles Verständnis, jedoch als er hörte, ich sei, wie sie mir einredeten, manisch-depressiv, wurde mir mein Jahr bis zur Verbeamtung verwehrt.

Die Ausfälle würden dann zu groß sein.

Das Ekelhafte an Psychiatern ist, dass sie einen für gestört erklären, wo eigentlich nur Unrecht gesprochen wurde, sie einem aber keinerlei Beschäftigung anbieten.

Es ist schwer, von einem Vollzeitjob und drei Kindern in drei Jahren zu nix zu wechseln.

Ich erledigte meinen Job in Schrozberg bis zu den Sommerferien und ging viel im Freibad schwimmen, wo ich auch meinen Unterricht vorbereitete. Dort traf ich neben Easy auch auf Marion, eine Sonderschullehrerin, die mir meinen nächsten Job an einer Schule für Menschen mit körperlicher und geistiger Behinderung bei der Stiftung Haus Lindenhof vermittelte.

Im Freibad lernte ich auch Easy kennen. Easy, das sollten die nächsten sechs Jahre meines Lebens werden.

Wir saßen beide am Rande des Beckens und schwammen tausend Meter um die Wette, unterhielten uns über das, was uns grade widerfuhr und verabredeten uns zum Wandern.

*In meinem
Einzimmerappartement
in einem Teilort von Aalen 2012 –
bereits geschieden –
in meiner Wanderzeit*

Das Desiderata aus der alten St. Paul's Cathedral in Baltimore, 1692
Oder Die zu ersehnenden Wünsche …

„Gehe ruhig und gelassen durch Lärm und Hast und sei des Friedens eingedenk, den die Stille bergen kann. Stehe soweit ohne Selbstaufgabe möglich in freundlicher Beziehung zu allen Menschen. Äußere Deine Wahrheit ruhig und klar und höre anderen zu, auch den Geistlosen & Unwissenden; auch sie haben ihre Geschichte.

Meide laute und aggressive Menschen, sie sind eine Qual für den Geist. Wenn Du Dich mit anderen vergleichst, könntest Du bitter werden und Dir nichtig vorkommen; denn immer wird es jemanden geben, größer oder geringer als Du. Freue Dich Deiner eigenen Leistungen wie auch Deiner Pläne. Blei-

be weiter an Deiner eigenen Laufbahn interessiert, wie bescheiden auch immer. Sie ist ein echter Besitz im wechselnden Glück der Zeiten. In Deinen geschäftlichen Angelegenheiten lass Vorsicht walten; denn die Welt ist voller Betrug. Aber dies soll Dich nicht blind machen gegen gleichermaßen vorhandene Rechtschaffenheit. Viele Menschen ringen um hohe Ideale; und überall ist das Leben voller Heldentum.

Sei Du selbst, vor allen Dingen heuchele keine Zuneigung. Noch sei zynisch, was die Liebe betrifft; denn auch im Angesicht aller Dürre und Enttäuschung ist sie doch immerwährend wie das Gras. Ertrage freundlich-gelassen den Ratschluss der Jahre, gib die Dinge der Jugend mit Grazie auf. Stärke die Kraft des Geistes, damit sie Dich in plötzlich hereinbrechendem Unglück schütze. Aber beunruhige Dich nicht mit Einbildungen. Viele Befürchtungen sind Folge von Erschöpfung und Einsamkeit. Bei einem heilsamen Maß an Selbstdisziplin sei gut zu Dir selbst. Du bist ein Kind des Universums, nicht weniger als die Bäume und die Sterne; Du hast ein Recht hier zu sein. Ob es Dir nun bewusst ist oder nicht: Zweifellos entfaltet sich das Universum wie vorgesehen. Darum lebe in Frieden mit Gott, was für eine Vorstellung Du auch von ihm hast und was immer Dein Mühen und Sehnen ist. In der lärmenden Wirrnis des Lebens erhalte Dir den Frieden mit Deiner Seele.

Trotz all ihrem Schein, der Plackerei und den zerbrochenen Träumen ist diese Welt doch wunderschön. Sei vorsichtig, strebe danach, glücklich zu sein."

27.) Die Suche nach dem Sinn

Ich glaube, ein jeder Mensch sucht nach der Sinnerfahrung ... oder wie meine Schwiegermutter immer so weise sagte: „Hör auf die Zeichen an deinem Weg!"

Bei Easy glaube ich, er sollte in mein Leben treten zu diesem Zeitpunkt.

Er erzählte nämlich zu den Dingen des Lebenssinns: „Ich habe es so erleben dürfen, den Sinn eben!"

Das kann ich auch erst in der Retroperspektive beurteilen, warum zu diesem Zeitpunkt diese Beziehung begann.

Nach der schlimmen überstandenen Erkrankung von Michel und dem damit verbundenen Ratschlag der Ärzte, die Wohnung zu verlassen, glaube ich, wäre es sinnvoll gewesen, zumindest das zweite von uns gefundene Haus kaufen zu dürfen. Auf dem zweiten Kreditantrag stand als Sachbearbeiter „Fuhrmann", der Mädchenname meiner Mutter. Als hätte sie vom Himmel aus geschaut und die Wahrheit gesprochen:

Luise Lynn Hay: „Ich sorge gut für mich, liebevoll achte ich auf meinen Körper, meinen Geist und meine Emotionen. Ich richte mich nach den natürlichen Gesetzen des Lebens. Alles ist uralt und unendlich. Es gibt kein neues Wissen. Meine Mutter billigt meinen Weg!"

Ich war also im Recht, aber mir wurde Unrecht getan. Mein Bruder drückte es wie folgt aus: „Erst das mit der Cousine, dann das mit den Häusern!"

Mutti mit meiner großen Schwester und mir

Das erste Unrecht. Dann sämtliche Gerichte, die mein Ex-Mann – ich wollte mich ja gar nicht scheiden lassen – aber alles geschah gegen meinen Willen vor Gericht, und ich musste auch noch die Rechnung dafür bezahlen.

Nachdem ich x-mal versucht hatte, mit den Kindern abzuhauen und im Knast oder der geschlossenen Psychiatrie landete, hatte mir ja keiner gesagt, dass ich meine Kinder nie wiedersehen würde und sich eine Frau, die bei mir mit meinem Mann, als ich das vierte Mal schwanger war, unterm Dach vögelte, an meinem viel gehegten und umsorgten Schatz, meinen Kindern, ergötzen würde.

Ich glaube heute immer mehr an die Wahrheit, die mir das Kloster Elioba mit auf den Weg gab: Stellen Sie sich vor, es ist Krieg! Die Ehebrecherin: Nehmen Sie die Kinder und gehen Sie. Tausenden vor Ihnen ist es gelungen!" Leider war die Polizei DTLD immer schneller als ich.

Ja, ich stellte mir vor, ich würde mit Easy Sinn erleben, ein Haus kaufen und die Kinder zu mir holen und die Ehebrecherin und vor allem den Mann „ohne Eier" wie die Italiener sagen, schlicht stehen lassen.

Ich durfte das auf Lebensebene nicht tun, und muss es also auf eine religiöse Ebene verlegen. weil Gerichte, Polizei und Jugendämter wurden ja sehr einseitig parteiisch für meinen Mann und seine Matratze eingeschaltet. Heute glaube ich, dass da auch Gelder geflossen sind. Die Ehebrecherin ist ja unfruchtbar, und es ist auch fraglich, warum Jugendämter ihr vorher nie Kinder zur Adoption angeboten haben. Vielleicht, weil sie laut ihres Nachbarn, einem Schafhirten, so lange Zeit die Matratze von Fulda war?! Nicht mein Problem.

28.) Kurzer Ausblick ins Heute

Heute läuft die Zeit für mich. Dachte ich jedenfalls. Heute werde ich einmal im Jahr von meiner Tochter kontaktiert, sie braucht die Rentenbescheide von mir, um BAföG zu beantragen. Kein menschliches Wort, kein Wunsch nach Kontakt (2021/2022).

Auch mein mittlerer Sohn hat sich inzwischen gemeldet, um meine Rentenbescheide, Finanzauskünfte, für seine Bafögbeantragung einzufordern. Immerhin wechseln wir ein paar Worte miteinander per e-mail und fragen, wie es dem anderen geht und was er macht.

Die Zeit zwischen der Scheidung im November 2009 und meinem dann folgenden Unfall (im Mai 2017), der mein Leben wiederum stark verändern sollte – was man Gott sei Dank zuvor nicht weiß –, verbrachte ich mit Arbeit im Lehramt, Umzügen nach Fulda den Kindern hinterher, wo ich auch als Lehrerin arbeitete und dem Kennenlernen von Easy, mit dem ich außergewöhnlich viel Sport machte, wanderte, fünf Alpenüberquerungen absolvierte und sehr viel Spaß hatte, oder auch: Sinn erlebte. Er wollte mich gesund machen, damit ich neu anfangen konnte. So beschäftigten wir uns sehr viel mit gesunder Ernährung und Sport.

29.) Lulu sucht den Sinn oder Wandern und Sporteln mit Easy, der den Sinn schon gefunden hatte

2007 bis 2009:

Zwei Jahre, 2007 bis 2009, blieben chaotisch. Nie hätte ich gedacht, dass man mir auf linke Art die Kinder entziehen können würde, ich hatte mir ja rein gar nichts zuschulden kommen lassen.

Ich legte mit den drei Kindern und einer vierten Schwangerschaft, Michel war noch halb krank, vier Umzüge durch vier Häuser in einem Jahr hin, versuchte zu einer Freundin, die ich in der Mutter- und Kind-Kur am Chiemsee kennengelernt hatte, nach Bremen abzuhauen, diese aber ließ sich, als wir ankamen, verleugnen. Abhauen war verdammt noch mal nicht möglich!

Schön, dass ich im Freibad tolle Leute kennenlernte, mit denen ich neben Reiten, Wandern und dem Sinn des Lebens die genannten fünf Alpenüberquerungen erleben durfte ...

30.) Scheidung gegen meinen Willen in Fulda

Ich war erschöpft, musste wider meinen Willen im November 2009 in die Scheidung einwilligen.

Zog dann den Kindern nach Fulda hinterher. Dort mietete ich eine Wohnung mit Garten, in der Hoffnung, dass wenigstens das Jugendamt, das sich erst viel später sehen ließ, mir die Kinder wieder geben würde.

Nachdem ich in Fulda ausschließlich mit Rechnungen von Gerichten und Unterhaltszahlungen belästigt wurde, die ja mein Mann inszeniert hatte, und ich in Baden-Württemberg nach der Arbeit in Fulda Arbeit an einer Schule im Lehramt fand, zog ich kurzerhand wieder um, auch um mich nicht permanent den Demütigungen der Gerichte, des Mannes und der Rechnungen auszusetzen, und begann in Schrozberg im Winter 2008/2009 zu arbeiten. Dort absolvierte ich auch meine Verbeamtung auf Probe mit einem Notendurchschnitt von 2,0. Am Wochenende lebte ich bei meinem Vater in Oberkochen, unter der Woche in einem kleinen Gasthof in Schrozberg.

31.) Meine Zeit mit Easy und den Leuten vom Freibad

2009, im Sommer:

Im Freibad, beim Vorbereiten des Unterrichts für die Schule in Aalen und beim 1000-Meter- Schwimmen, lernte ich Easy kennen. Wir schwammen um die Wette, er meldete mich beim Kraftsport an, und jährlich planten wir eine Alpenüberquerung.

Wandern über Schneefelder zum Olperer
(höchster Berg der Tuxer Alpen,
die ein „Anhängsel" der Zillertaler Alpen sind)

Im Freibad fand ich auch meinen nächsten Job an einer Privatschule, der Stiftung Haus Lindenhof, eine Schule für Menschen mit körperlicher und geistiger Behinderung in Bargau bei Schwäbisch Gmünd – den Kontakt bekam ich durch eine mir bekannte Sonderschullehrerin.

Dort hatte ich wieder einen vollen Lehrauftrag und eine Klassenverantwortung für das Jahr Winter 2009 bis Sommer 2010.

Danach schaute ich meine Finanzen an. Und erst da habe ich kapiert, dass sich Arbeit nicht mehr lohnt, seit man mir die Kinder weggenommen hatte, zu Unrecht wie ich meine, mit linken Berichten, je linker der Bericht, desto Gericht … und erkannte, dass es besser wäre, mich berenten zu lassen.

Es war für mich, die ich 800 Euro Selbstbehalt damals haben durfte, alles andere musste ich an das Jugendamt Fulda abführen, bei dem der Ex-Mann Unterhaltskostenvorschüsse beantragt hatte, die ich zurückzahlen musste, schwer. Und leichter schien es in Rente zu gehen.

32.) Berentung ab 2012

Ich ließ mich mit einer psychiatrischen Diagnose, die ich heute noch nicht glaube –
damals war ich überfordert nach vier Umzügen durch vier Häuser in einem Jahr mit drei kleinen Kindern und schwanger – berenten. Was man auch sofort tat.

Ich kenne alle Diagnosen, von „manisch-depressiv" über „schizophren" und „wahnsinnig" bis hin zu „Wahnvorstellungen".

So blieb mir wenigstens die Möglichkeit, ein kleines Zimmer zu bezahlen, in dem ich wohnen konnte.

Easy und ich machten alles günstig. Da er bei Zeiss Schicht arbeitete und sehr gut verdiente, konnten wir uns für günstiges Geld im Sportstudio anmelden, uns eine Freibaddauerkarte besorgen, er schenkte mir ein Fahrrad, das Auto gab ich als Rentnerin auf, zu teuer, und unsere erste Wanderung führte uns von Oberstdorf nach Meran. Wir machten alles sehr sparsam.

Einmal über die Alpen eben. Das war 2010, im September und Oktober.

33.) Erster Bandscheibenvorfall

2011 überraschte mich ein schwerer Bandscheibenvorfall, der nach einem halben Jahr schwerer Schmerzen an L4/L5 (Lendenwirbelsäule mit Wirbeln 4 und 5 lag die zu operierende Bandscheibe) operiert wurde, weil kein Krankengymnast mehr mir die Schmerzen nehmen konnte. Das passierte in einer Belegarztpraxis am Diakonissenkrankenhaus Schwäbisch Hall, wo mir schon so oft im Leben geholfen wurde.

Ich hatte Glück, ich sprang den Chirurgen – im übertragenen Sinne – gesund vom OP-Tisch und konnte ohne jegliche Nebenerscheinungen wieder schmerzfrei laufen.

Anschließend erholte ich mich in einer orthopädischen Kurklinik in Bad Waldsee bei Ravensburg (Aulendorf). Dort joggte ich – trotz Verbot – oft um den Dorfsee und erholte mich rasch.

34.) München–Venedig auf Schusters Rappen

Easy und ich trainierten dann für die nächste Wanderung, die am 8. August 2011 in München am Stachus losgehen und uns von München nach Venedig führen sollte. Es ging über Bad Tölz, Lenggries, Karwendelgebirge, schließlich durch die Piave-Ebene vor Venedig. Fünf Wochen später war die Ankunft in Jesolo, dem Strand vor Venedig, wo wir drei Tage draußen schliefen, weil aufgrund von stattfindenden Filmfestspielen dort kein Hotel, keine Pension, kein kleines Strandhäuschen in Jesolo zu kriegen war.

Zu meinem 41. Geburtstag am 2. September 2011 lud mich Easy dann in ein wunderschönes Landhotel in Jesolo ein, mit riesigem Frühstück, und am nächsten Tag setzen wir mit der Fähre über nach Venedig.

Übrigens ein empfehlenswerter Wanderweg. Auch heute noch. Traumhafte Alpenpanoramen, mäßig lange Fußwege und Aufstiege. Man trifft sich jedes Jahr am 8. August in der Gruppe, die vorhat, sich dieser Route anzuschließen, am Stachus in München – Internetinformationen über den jeweiligen Weg und die Uhrzeiten sind hilfreich. Für jeden normal trainierten Menschen machbar!

2012 spielte ich beim Theater der Stadt Aalen mit, ein Stück über die Bücherverbrennung im Dritten Reich, die „Komödie der Eitelkeiten" von Elias Canetti. Wurde sogar in der Zeitung darüber berichtet, aufgrund „außergewöhnlicher" schauspielerischer Leistung!

35.) Zweiter Fluchtversuch mit den Kindern an den Lago Maggiore

*Urlaub mit Andrea am Lago Maggiore/Cannobio,
Versuchter Kauf eines Rusticos zur Flucht mit den Kindern
– 2012 –*

Im Sommer 2012 hatte ich erneut einen Gerichtstermin in Fulda. Dort fuhr ich hin, übernachtete bei Bekannten, die ich in meiner Zeit, in der ich dort gewohnt habe, kennengelernt hatte und plante erneut, mit den Kindern abzuhauen, weil ich die Schnauze voll hatte von Gerichten und ungerechter Gerechtigkeit.

Im Park lernte ich Andrea kennen, die dort Yoga-Übungen machte. Kurz entschlossen fragte ich sie, ob sie Lust hätte, mit an den Lago Maggiore nach Italien zu kommen.

Ich müsse dort ein kleines Rustico (Steinhaus) für meine Kinder kaufen, um danach mit den Kindern dorthin zu verschwinden.

Andrea war gerade die Arbeit als Näherin wegen Betriebsinsolvenz gekündigt worden, und sie hatte Zeit.

So trafen wir uns am nächsten Tag wie verabredet mit wenig Gepäck vorm Hähnchengrill am Zubringer zur Autobahn in Fulda. Wir wollten im Auto, einem uralten Mercedes, übernachten, um wenig Geld zu benötigen.

Zwei Wochen waren wir unterwegs, Easy indessen lief das zweite Mal von München nach Venedig.

Wir ankerten in Cannobio, einem kleinen Ort an der Nordwestküste des Lago Maggiore, badeten viel, Andrea konnte sehr gut schwimmen, ich wanderte zuweilen auch, und wir kauften abends im Supermarkt Essen ein, das wir im Auto oder auf Bänken nahe der hübschen Kirchen auf den Bergen verspeisten. Unser Schlafplatz war das Auto auf einem Parkplatz am Friedhof.

Im Urlaub kontaktierten wir dann auch eine Immobilienmaklerin, die uns ein Rustico für 30 000 Euro verkaufen wollte. Dazu wollte ich meine Lebensversicherungen in Zahlung geben, bekam anschließend sogar von einem deutschen Kreditgeber den Kredit.

Der Kauf und das Abhauen mit den Kindern kam dann wieder doch nicht zustande, weil ich ja dem Jugendamt gegenüber kein Geld haben durfte und Easy mich auch von einem erneuten Versuch, die Kinder zu nehmen und zu gehen, abhielt.

Der Urlaub war äußerst individuell und toll.

Wir beendeten ihn, als am Parkplatz des Friedhofes, der am Fuße eines Berges lag, ein Selbstmörder mit dem Auto ohne Bremsen den Berg runterfuhr und wir von plötzlich auftauchender Feuerwehr und Polizei geweckt wurden.

Über den Gotthardtunnel fuhren wir zurück nach Aalen in mein kleines Appartement nach Aalen. Andrea blieb noch acht Wochen bei mir, und wir verstanden uns gut.

Mein Zimmer/Appartement, es kostete nur 265 Euro warm, musste ich dann im Dezember 2014 wegen Eigenbedarfskündigung verlassen und fand eine wunderschöne Dachwohnung in Aalen in der Nähe der Hochschule, in die ich im Februar 2015 einzog.

Dort wohne ich immer noch.

36.) Zweiter Bandscheibenvorfall

Im Mai 2014 konnte ich erneut nicht laufen: Zwischen dem Lendenwirbel L5 und dem Steißbein S1 waren zwei Wirbel eingeklemmt. Und ich musste mich im Katharinenhospital in Stuttgart einer zweiten Bandscheibenoperation unterziehen, welche aber genau wie die erste OP hervorragend heilte, und ich konnte schnell nach der OP wieder laufen und machte viel Bauchmuskeltraining zur Stabilisierung der Wirbelsäule.

Wanderungen mit Easy führten uns durch das Karwendelgebirge nördlich des Inntales, wir machten Städtereisen durch ganz Deutschland und schließlich eine Abschlusswanderung 2015 auf eine Hütte in Oberstdorf. Danach verloren wir uns aus den Augen.

Städtereisen durch ganz Deutschland:
Bremerhaven 2014

37.) Schwerer Unfall beim Fensterputzen am 23. Mai 2017

Inzwischen, 2017, hatte ich einen sehr schweren Unfall, der mich zu einer zu 80 Prozent Schwerbehinderten machte. Ich habe in der Wohnung eine Ablage unterm Fenster, auf der man auch essen kann. Dort stelle ich mich immer drauf, wenn ich die Fenster putze.

Ich rutschte bei offenem Fenster ab und stürzte siebeneinhalb Meter in die Tiefe.

Ich hatte Glück. Eine Nachbarin sah den Sturz und rief sofort den Notarzt, der mich mit dem Flieger nach Ulm transportierte. Dort stellte man zum Glück keine inneren Verletzungen fest, aber ein gebrochenes Kreuz, L5/S1, das sofort mit zwei Titanstangen stabilisiert wurde, so dass ich nicht querschnittsgelähmt bin, und zweimalige Calcaneusfrakturen, das sind zwei gebrochene Sprunggelenke, die man auch mit Titanimplantaten versteifen musste.

Ich brauchte nach dem Unfall sehr lange, um mich psychisch mit der Realität schwerbehindert abzufinden. Viele Tränen habe ich darüber vergossen, nie wieder über die Alpen laufen zu können als ehemalige Leistungssportlerin. Sieben Monate in der Unfallchirurgie in Ulm stellten mich wieder her.

Dann stellte ich fest, dass ich alles allein ohne Hilfe der anderen konnte. Ich war also kein Pflegefall.

Heute, fünf Jahre später, kann ich Treppen steigen, mache mit Rollstuhl oder Gehhilfe meine Einkäufe in der Stadt, kann zum Kraftsport, zum Schwimmen und auch verreisen.

Ich bin langsamer in allem und auf Hilfsmittel wie Orthesen (Schuhe), einen Duschstuhl, zeitweise den Rollstuhl und Gehhilfen angewiesen. Aber nach einer Zeit der Gewöhnung kann ich gut leben mit relativ hoher Lebensqualität. Im Gegensatz zu vielen Behinderten, vom Rollstuhltanz, den ich betreibe, die von Geburt an schwere Behinderungen oder Krankheiten haben, habe ich die Erinnerung an wunderbare Zeiten. Eine große Sehnsucht nach dem, was hätte gewesen sein können, das Haus mit meinen Kindern zu kaufen. Aber ich kaufe es noch. Wenn ich sechzig bin und nicht mehr für meine Kids bezahlen muss und mehr als 880 Euro haben darf, werde ich voll im Lehramt arbeiten – die jetzigen Eigentümer des Hauses habe ich schon angeschrieben, dass ich als Erste vorgemerkt werden will, wenn sie in circa acht Jahren das Haus verkaufen sollten. Schließlich bin ich ja handlungsfähig, aber eben erst mit sechzig frei. Frei aus dem „Knast des Geldes", in dem ich seit April 2008 „sitze" (darum liebe ich auch den Film „Der Graf von Monte Christo" so sehr). Mit sechzig erst bin ich frei, frei von den Zahlungen an die Kinder. Und dann kaufe ich Tara, ich will's nicht geschenkt ...

Inzwischen habe ich auch eine Aufgabe gefunden – man braucht doch eine Aufgabe, eine Arbeit im Leben. Ich pflege meinen 88 Jahre alten Nachbarn, den ich mal bei Rewe kennengelernt habe. Ich kaufe für ihn täglich zwei Stunden ein, bin für Müll zuständig, für seinen Schriftkram, wir spielen zwei oder drei Stunden am Tag Kniffel, Scrabble, Rommee oder Skat, und ich gebe Nachhilfe für die, die's grade brauchen, bis zur 10. Klasse Realschule.

Ich gehe schwimmen, das kann ich mit meiner Gehbehinderung, dreimal die Woche zum Kraftsport und einmal zum Rehasport. Inzwischen hat sich die Nachbarin von Willy, dem 88-jährigen Nachbarn, beim Einkaufsdienst eingereiht, sodass ich auch für sie die Besorgungen mache. Nebenbei verreise ich. Dieses Jahr war ich an den Lago Maggiore für zwölf Tage in das Ferienhaus einer Freundin eingeladen. Ich hatte ihrem Sohn Nachhilfe gegeben und die Einladung als ihr Dankeschön verstanden.

Einmal im Jahr fahre ich zum Bodensee, meist am 1. Juli. Dort setze ich von Friedrichshafen mit dem Schiff nach Konstanz über, betrachte meine Lieblingsstatue, die Imperia und bummele durch die Gassen von Konstanz. Dann nehme ich den Katamaran zurück, und es geht über Friedrichshafen, Ulm nach Aalen zurück. Übernachten kann ich mir leider nicht leisten.

Dieses Jahr ist mein alter Nachbar mitgekommen, und es war eine chaotische Reise, weil gerade das Neun-Euro-Ticket gültig war, was völlig überfüllte Bahnen und Züge mit sich brachte.

Ich kann für 91 Euro im Jahr alle Regionalbahnen, Busse und Schiffe nutzen, das ist ein Behindertenticket, mit dem das möglich ist. Ich kaufe in der Aalener Tafel ein, um zu sparen und finde das Ganze, das Einkaufen dort, sehr belustigend.

Ansonsten war ich am Chiemsee. Dort ist mein 79-jähriger Vater nach seinem Hausverkauf hier auf der Ostalb hingezogen, und dort wohnt auch mein Bruder, der ein altes Bauernhaus umgebaut und darin sein Statikbüro eingerichtet hat, mit seinen drei Kindern.

Die Gegend und die Seen dort sind wunderschön, so dass ich die Wanderungen mit Easy sowie den Sport zwar vermisse, aber die Sehnsucht nach Natur mit Baden in

Alpenseen stille. Auch meine Schwester ist wieder umgezogen – in den Taunus bei Frankfurt. Sie möchte ich auch gerne mit ihren vier Kindern und ihrem Freund besuchen gehen. Leider blieb – sie arbeitet sehr viel – noch keine Zeit dazu.

So kann ich sehr bescheiden mit hoher Lebensqualität leben und weiter lernen, mit meiner Behinderung umzugehen. Insbesondere das Gewicht ist das Doppelte wie vor dem Unfall. Das liegt an mangelnder Bewegung und an häufigen Schmerzen in den Füßen beim Laufen, geht aber immer besser – weil ich auch immer besser weiß, wie die Schuhe richtig eingestellt werden müssen, ich laufe ja mit versteiften Sprunggelenken, habe also eine maximale Toleranz die Füße abzuknicken von vielleicht 15 Grad.

Ich habe keinen Zucker, und alle Werte, wie Blut und Organe sind im grünen Bereich. Also in Ordnung. So war die Diagnose meines Hausarztes nach einem Jahr Beobachtung.

38.) Das Ende ... oder der Anfang von Neuem?

Eine Welt ohne Wörter ist eine Welt voller Wunden ...

Oder: Der Sinn des Lebens, den ich immer noch im Handgepäck trage ...

Das ist, was mich am meisten verletzt, der mangelnde Kontakt zu meinen Kindern und das Unrecht, sie mir zu nehmen, das mir geschah.

Inzwischen hat sich Lisbeth, die Älteste, letztes Jahr, 2021, das erste Mal gemeldet, weil sie meine Rentenbescheide für die BAföG-Beantragung benötigte. Das hat sie dieses Jahr wieder getan, dies Jahr haben wir gestritten, weil ich mich nicht für Geld benutzen lassen will, ohne dass man ein warmes Wort auf den Lippen hat. Lisbeth studiert Gymnasiallehramt mit den Fächern Mathe und Chemie in Würzburg. Tom hat dieses Jahr einen netten Brief geschrieben, mit seinem Abiturzeugnis und einem Bild von sich. Auch er beabsichtigt, BAföG zu beantragen. Stolz durfte ich erfahren, dass er in der Schule – seine Noten ließen wohl nach Auskunft meines Vaters immer zu wünschen übrig – einen Notendurchschnitt von 1,6 geschafft hat.

Michel besucht eine Fuldaer Gesamtschule und beginnt jetzt die elfte Klasse im gymnasialen Zweig.

Vielleicht wendet sich im Laufe des Lebens das Blatt noch, und ich kann sie mal treffen, nicht meinen Mann, der mir das zugemutet hat, aber die Kids, die vielleicht nicht die Wahrheit kennen, dass ich doch den „Sinn des Lebens" in meinem Handgepäck trage ... und das Haus, Tara eben, doch noch kaufe. Ich bin eine Acht im Enneagramm und habe die gleiche entscheidende Lebensmotivation wie Scarlett O'Hara in dem 8 Oskarschinken „Gone with the wind" – sie ist auch eine Acht im Enneagramm:

„Das Land ist das Einzige, wofür es sich lohnt zu leben!" – ein Zitat von Scarlett.

Ich bin mütterlicherseits eine Großgrundbauerntochter, und den Auftrag muss ich wohl noch erfüllen ...

Mit der Zielvorstellung des Lebens nach Sinn und Erfüllung:

„Bin ich verwirrt und fasziniert zugleich und sehe in allem, so seltsam, ja so irreal es auch sein mag, eine eigenwillige Fügung des Schicksals." (Rosa Albach-Retty)

„Glauben ist eben nicht die Überzeugung, dass etwas gut ausgeht, sondern die Gewissheit, dass etwas Sinn macht, egal wie es ausgeht." (Vaclav Havel)

Sein Leben just in time leben zu dürfen ... Ich muss eben der Graf von Monte Christo sein und überlegen, wie ich ohne Geld mit viel Geld daraus hervorgehe und sehr spät erst meine Rolle hier spielen darf, bis dahin muss ich jung bleiben, die Nerven behalten ... oder einfach ein bisschen Glück haben.

Worte finden, die nicht verletzen ...

Oder soll ich weiter als die „Anleitung zum Unglücklichsein" rumrennen?

Ich glaube nicht, dass Gott uns zum Leiden in diese Welt gesetzt hat: Habe ich nicht auch ein Recht, glücklich zu sein?

*meine Berliner Großmutter,
die „Chefin" des Hauses Neckarwestheim*

In Dank an die großen Frauen der Familie ...

39.) Ein Ausblick ins Strafrecht:

Die tatsächliche rechtliche Seite der Geschichte

Rolf Bossi: Halbgötter in Schwarz: Deutschlands Justiz am Pranger, Goldmann Verlag, Ort, Datum

nach Bernd Rüdiger Sonnen: Strafrecht besonderer Teil, C.F. Müller Verlagsgruppe Hüthig Jehle Rehm GmbH, Heidelberg 2005 (siehe auch Literaturverzeichnis)

Oder: Richtet nicht, so wird nicht über Euch gerichtet werden!

Nachdem ich gezwungen war, mich mit Gerichten und deren Zahlungsforderungen zu beschäftigen, hatte ich auch großes Interesse daran, mich mit ordentlichem Strafrecht und hierbei mit **„Kinderhandel",** auch ein Paragraph im Strafrecht zu beschäftigen.

Des Weiteren greifen die Paragraphen Mord, §211 (der Mann), der nichts anderes ist, als sich durch eine Abfolge von Unrechtsgeschehen zu definieren.

Meine Schwiegermutter, die ja eigentlich wenig beteiligt war, und mein Mann behaupteten, als ich mit den Kindern zu meinem Vater floh, gegenüber Jugendämtern und Gerichten (Zitat): Der Vater sei seiner Tochter in keinster Weise gewachsen! In Kenntnis und provozieren wollen von Aggression aus Unrecht der Vorgeschichte ...

Man stellte mich mit schwerstkrankem Kind damals in die Täterlinie des Unrechts der Vorgeschichte, was zu mäßigen Aggressionen führte, aber völlig ungerechtfertigt, ja sogar strafbar ist:

Niemand ist ermordet worden, aber Mord, der Paragraph definiert sich aus einer Abfolge dauernden Unrechts ...
Mord § 211: (heimtückisch) Tatbezogene Mordmerkmale
a) Heimtückisch handelt, wer die auf Arglosigkeit beruhende Wehrlosigkeit des Opfers (hier: mir mit den Kindern) in feindlicher Willensrichtung bewusst zur Tötung ausnutzt.

Lisbeth konstatierte das damals in ihrer Hilflosigkeit: „Mama, du stirbst früh! Mama, ich hab deine Mutter gesehen! Mama, du wirst nicht alt!" Eine Frau auf der Straße Fuldas, Mutter eines Kindes, konnte meine ihr mitgeteilte Geschichte bei einem Kaffee in einem Satz zusammenfassen: „Der (der Mann), der geht in Knast!"

Grundsätzlich steht der Makler wegen vorsätzlicher Sittenwidrigkeit in der Kreditannahme mit einem Fuß im Knast.

Ich war am Landgericht Ellwangen mit dem Makler vor Gericht. Das Verfahren wurde wegen Geringfügigkeit eingestellt!

§ 263 Betruges und **§ 266 Untreue des Gesamtvermögens** im Knast, er wusste ja um unsere Zeitnot und die Not des kranken Kindes.

§ 218-219 b Schwangerschaftsabbruch: Hier der Mann. Ich war das vierte Mal schwanger als er mir ankündigte, er wolle mich psychisch krank machen. Daraufhin verlor ich im dritten Monat das Kind.

§ 218 II enthält zwei **Regelbeispiele** eines besonders schweren Falles, wenn der Täter gegen den Willen der Schwangeren handelt (Zitat Ex-Mann: „Ich wollte das Kind doch gar nicht!")

oder sie leichtfertig in die Gefahr des Todes oder einer schweren Gesundheitsschädigung bringt. Die Schwangere, hier ich, wird dadurch privilegiert, dass der Strafrahmen gem. § 218 III gemildert und der Versuch gem. § 218 IV bei ihr nicht strafbar ist."

Was jeder Richter, Anwalt und vor allem die Polizei in Deutschland wissen müsste, hier aber nicht wissen wollte, so auch meines Erachtens Jugendämter Kenntnis über die tatsächliche Sachlage mitbringen sollten, was hier leider überhaupt nicht geschehen ist.

Untreue und verwandte Delikte, § 266, Straftaten gegen das Vermögen als Ganzes (Täter: der Makler, der Mann), hier Betrug **§ 266**

§ 186 Üble Nachrede (der Makler, der Vater),

§§ 223, 236, Entziehung Minderjähriger und Kinderhandel

§ 345 Vollstreckung gegen Unschuldige, Misshandlung von Schutzbefohlenen

§ 225 Straftaten gegen die körperliche Unversehrtheit („Ich mach Dich psychisch krank!" Täter: der Mann), **hier § 223 I Körperverletzung**

§ 345: Vollstreckung gegen Unschuldige:

2. Der Täterkreis (Tatsubjekt) ist auf Amtsträger beschränkt, die zur Mitwirkung bei der Vollstreckung einer der genannten Sanktionen berufen sind: Täter können insoweit Richter, Staatsanwälte (§ 451 STOPP die Staatsanwaltschaft als Vollstreckungsbehörde), Vollstreckungsbeamte (hier: die Polizei) und auch Offiziere und Unteroffiziere der Bundeswehr hinsichtlich der Vollstreckung des Strafarrestes nach § 9 WSTG sein (vgl. § 48 I WSTG).

§§ 223, 236 Entziehung Minderjähriger und Kinderhandel

§ 235 Entziehung Minderjähriger
Interessenlage und Schutzgut
Der Streit um das Kind nach Trennung, nach dem Auseinanderbrechen von Partnerschaften in Ehe und anderen Lebensgemeinschaften
Der unerfüllte Kinderwunsch (die Ehebrecherin), der zum „Diebstahl" aus dem Kinderwagen oder der Säuglingsstation bzw. zum Kauf oder zur unerlaubten Adoptionsvermittlung führt.

1. Das alles sind unterschiedliche Aspekte, die bei den Tatbeständen der Entziehung Minderjähriger (§ 235) und beim Kinderhandel (§ 236) zu berücksichtigen sind. Betroffen sind Interessen der Personensorgeberechtigten ebenso wie Interessen von Kindern zum Schutz von Freiheit gegen Übergriffe. Das Spektrum reicht von der menschlichen Tragödie; wenn Täter und

Personensorgeberechtigter gleichermaßen das Beste des Kindes wollen (Arzt/Weber § 9 Rn.3) über die Verzweiflungstat bis zu Fällen schwerer und schwerster Kriminalität.

2. Straftatvoraussetzungen:
Die Tathandlung bei § 235 I Nr. 1 besteht darin, dass den Eltern, einem Elternteil, dem Vormund (§§ 1781 ff. BGB) oder dem Pfleger (§§ 1909 ff. BGB) das Kind bzw. im Fall von $ 235 Nr. 1 auch der Jugendliche entzogen oder vorenthalten wird.

Entziehen heißt, das Personensorgerecht im Sinne von § 1631 BGB durch eine räumliche Trennung für eine gewisse, nicht nur vorübergehende Dauer so zu beeinträchtigen, dass es nicht mehr ausgeübt werden kann (BGH NStZ 1996, 333).

Vorenthalten bedeutet, die Herausgabe des Kindes (vgl. § 1632 BGB) zu verweigern bzw. sie zumindest zu erschweren, beispielsweise durch Verheimlichen des Aufenthaltsortes, anderweitige Unterbringung oder Beeinflussung des Kindes, dem Herausgabebegehren nicht zu folgen (BT-Drs. 13/8587, 38). Systematisch ist mit Entziehen stets ein aktives und mit Vorenthalten stets ein passives Verhalten (Unterlassen in Garantenstellung und damit Garantenpflicht) gemeint (LK – Gribbom § 235 Rn. 66).

Tatmittel der Entziehung Minderjähriger nach § 235 I Nr. 1 sind Gewalt, Drohung mit einem empfindlichen Übel oder List (vgl. § § 234 und 240).

b) Subjektiver Tatbestand. (hier: die Ehebrecherin)
Der subjektive Tatbestand verlangt Vorsatz, wobei bedingter Vorsatz genügt. Er muss sich auf Tathandlung, Tatmittel und Taterfolg und im Fall von § 235 I Nr. 2 und § 235 II auch auf das Alter des Minderjährigen (Kind) beziehen. Bei § 235I Nr. 2 bezieht sich der Vorsatz auch auf den Umstand, dass der Täter nicht Angehöriger ist (hier: die Ehebrecherin, Motiv: ungewollt kinderlos), und bei § 235 IV Nr. 1 auch die konkrete Gefahr.

Bei einem Irrtum, wem das alleinige Sorgerecht zusteht (hier hat der Mann sofort alleiniges Sorgerecht bekommen! Zu Unrecht!) bzw. bei irrtümlicher Annahme eines Einverständnisses kommt ein Tatbestandsirrtum im Sinne von § 16 in Betracht.

II. Kinderhandel, § 336 ...

Hier nur kurz erwähnt ...

3. Qualifikationstatbestand:
Als Qualifikationstatbestand wird auf der Opferseite (hier: ich) strafschärfend berücksichtigt, dass das Kind oder die vermittelte Person durch die Tat in Gefahr einer erheblichen Schädigung (Zitat Mann: „Ich mach Dich psychisch krank!" Beweis: darauf folgende Gutachten der von mir bezahlten! Psychiater) der körperlichen oder seelischen Entwicklung gebracht worden ist. Während der Grundtatbestand sich bezogen auf das Kindeswohl und das geschätzte Rechtsgut der Menschenwürde als abstraktes Gefährdungsde-

likt darstellt, handelt es sich bei dem Qualifikationstatbestand um ein konkretes Gefährdungsdelikt.
§ 186 Üble Nachrede ...

Die Täter:
- Der Makler: Ihr habt kein Geld, seid nicht kreditwürdig, mit Beweis des Kredites wahrheitswidrig und Zeit verzögernd angesichts der Eigenheimzulage.
- Der Mann: Macht mich vor den Kindern schlecht und behauptet ihnen gegenüber, ich sei psychisch krank, eigene Vorteilsnahme, so auch die Ehebrecherin.

Aus dem systematischen Überblick zu Beginn dieses Abschnittes ergibt sich, dass § 186 auf Tatsachenbehauptungen zugeschnitten ist, Werturteile also nicht erfasst sind.

Der objektive Tatbestand setzt insoweit dreierlei voraus:

Eine Tatsache, die ehrenrührig ist (geeignet, Opfer verächtlich zu machen – hier mich: psychisch krank (der Mann), sie kann nicht finanzieren (der Makler), sie ist wochenbettdepressiv (der Vater) oder in der öffentlichen Meinung herabzuwürdigen), in Beziehung auf einen anderen (Opfer) und als Tathandlung behaupten oder verbreiten gegenüber einem Dritten (Adressat).

Wenn der Täter das Risiko der Nichterweislichkeit trägt, bedeutet das nicht, das sich das Gericht nicht um eine Aufklärung der Wahrheit bemühen muss (vgl. § 244 II STPO). Gelingt die Klärung nicht, dann gilt der Satz „im Zweifel für den Angeklagten" („in dubio pro reo") freilich nicht. Der Grundsatz wird vielmehr im Hinblick auf die

Gefährlichkeit der Verbreitung von negativen Tatsachenbehauptungen über Dritte umgekehrt, §186 ist insoweit ein abstraktes Gefährdungsdelikt mit einem besonderen Beweisrisiko (Kindhäuser, LPK-StGB, §186 Rn. 1).

Recht haben und Recht kriegen ist zweierlei, aber wenn man sein ganzes Leben brauchen soll, Kinder sind unsere Zukunft, darum habe ich sie bekommen, dann sollte man kämpfen – egal mit welchen Mitteln, im Zweifel aber mit Recht.

„Wer kämpft, kann gewinnen, wer die Sache aufgibt, der hat schon verloren!"

Literaturverzeichnis:

- Romy Schneider: Ein Leben in Bildern, entworfen von Renate Seydel und gestaltet von Bernd Meier, Henschel Verlag Berlin 1996
- Alexandre Dumas: Der Graf von Monte Christo, dtv; München 2017
- Rolf Bossi: Halbgötter in Schwarz: Deutschlands Justiz am Pranger, Eichborn Verlag, Frankfurt, ohne Jahresangabe
- Bruno Bettelheim: Liebe allein genügt nicht. Die Erziehung emotional gestörter Kinder, Klett-Cotta, Stuttgart 1983
- Luise Lynn Hay: Heile Deinen Körper. Seelisch-geistige Gründe für körperliche Krankheit, Lüchow in Kampenhausen Media GmbH, Bielefeld, 1989
- Luise Hay und Dr. med. Mona Lisa Schulz: Heile Deine Gedanken, heile Dein Leben.
- Innere Balance finden durch Affirmationen und ganzheitliche Medizin, Wilhelm-Heyne-Verlag, München, 3. Auflage, Taschenbucherstausgabe 04/2019
- Richard Rohr, Andreas Ebert: Das Enneagramm, Die 9 Gesichter der Seele, Claudius-Verlag 1989
- Jehan Sadat: Ich bin eine Frau aus Ägypten, Die Autobiographie einer außergewöhnlichen Frau unserer Zeit, Scherz Verlag, Bern, München, Wien, 1987
- Rüdiger Dahlke: Krankheit als Sprache der Seele, Bedeutung und Chance der Krankheitsbilder, Goldmann Verlag, November 1997

- Rüdiger Dahlke und Margit Dahlke, Volker Zahn: Frauenheilkunde: Be-Deutung und Chancen weiblicher Krankheitsbilder, Goldmann Verlag, Januar 2003
- Mohammed: Die Stimme des Propheten. Aus dem Koran, Diogenes Verlag AG, Zürich, 1987, 2008
- Boris Pasternak: Doktor Schiwago, S. Fischer Verlag, Frankfurt am Main, 1958
- Margaret Mitchell: Vom Winde verweht, Coverts Verlag GmbH, Hamburg, 1937
- Mary Westmacott alias Agatha Christie: Das unvollendete Porträt, Scherz Verlag, Bern, München, Wien, 1934
- Joachim Fuchsberger: Alt werden ist nichts für Feiglinge, Goldmann Verlag, München 2014
- Bierlein, Karl, Bodenbender-Schäfer, Rückert Sabine: Ich werde gebraucht – Ein Lesebuch für alle, die helfen wollen, Claudius Verlag; München 1988
- Václav Havel: 1936-2011: Hoffnung
- Das Desiderata; St, Paul's Cathedral Baltimore 1862
- Richard Rohr, Andreas Ebert: Das Enneagramm. Die neun Gesichter der Seele, Claudius Verlag, 1989
- Hermann Hesse: Mit der Reife wird man immer jünger, Suhrkamp-Verlag, Frankfurt am Main, 1990
- Bernd Rüdiger Sonnen: Strafrecht. Besonderer Teil; C.F. Müller Verlag, Heidelberg 2005
- Ingrid Bergmann: Movie Icons, Scott Eymann, Paul Duncan; Taschenbuch, Hong Kong, Köln, London, Los Angeles, Madrid, Paris, Tokyo – ohne Jahresangabe
- Anne Billson: Screen Lovers. Liebespaare, die Kinogeschichte machten. Von den Anfängen bis heute. Orbis Verlag für Publizistik GmbH, München 1990

Die Autorin

Lulu Boucher wurde 1970 in Stuttgart als Tochter eines Maschinenbauingenieurs und einer Großbauerntochter geboren. Sie wurde 1996 Grund- und Hauptschullehrerin, bildete sich anschließend weiter und erwarb ein Diplom als Fachwirtin für Marketing. Beide Berufe übte sie sieben Jahre lang aus, bis sie sich 2011 aus privaten und gesundheitlichen Gründen berenten ließ.

Privat hatte die Autorin wenig Glück. Sie bekam drei Kinder, erlitt später eine Fehlgeburt. Ihre Ehe scheiterte. Weitere Schicksalsschläge waren mehrere schwere Erkrankungen. Trotz aller Schwierigkeiten ließ sich Lulu Boucher ihren Mut nicht nehmen und führt heute ein selbstbestimmtes, eigenständiges Leben.

novum VERLAG FÜR NEUAUTOREN

Der Verlag

„ *Wer aufhört
besser zu werden,
hat aufgehört
gut zu sein!*

Basierend auf diesem Motto ist es dem novum Verlag ein Anliegen, neue Manuskripte aufzuspüren, zu veröffentlichen und deren Autoren langfristig zu fördern. Mittlerweile gilt der 1997 gegründete und mehrfach prämierte Verlag als Spezialist für Neuautoren in Deutschland, Österreich und der Schweiz.

Für jedes neue Manuskript wird innerhalb weniger Wochen eine kostenfreie, unverbindliche Lektorats-Prüfung erstellt.

Weitere Informationen zum Verlag und seinen Büchern finden Sie im Internet unter:

w w w . n o v u m v e r l a g . c o m